小島的童話食譜
原書名：30歲的成年禮
陳慶祐—著
小青、林俐—圖

《新版序》

# 書有自己的路要走

陳慶祐

我一直相信，每本書有自己的路要走，就像每個人有自己的命運一樣。《禮拜三的糕餅課》和《三十歲的成年禮》就是那種運勢奇特、峰迴路轉的書。

首先是它們的製作過程非常繁複而疲憊，再加上每個環節的合作對象都想盡力做到最好，使得我在做完《三十歲的成年禮》後大病一場，而且至今不敢再碰這樣的企劃。

意外的是，這兩本書出版後，不只影響了我，竟也影響了許多人的生命。

有個朋友的媽媽因為看了我的書，開始去學做糕餅，還遠赴法國取經，現在不僅手藝一流，還準備開咖啡館做生意。

還有個朋友因為這兩本書而歡笑落淚，卻也因此改變了她的人生——從一個優秀的美術設計，轉行在台中開設一家專賣重乳酪蛋糕的工作室；她的蛋糕每天限量發行，已經成為中部糕餅愛好者的夢幻逸品了。

當然，我也因為這兩本書而被更多人認識，更多人願意與我交換

他們的飲食心得，或是生命裡歡喜悲傷的故事。特別的是，隨著這兩本書的飄洋過海，讓我有機會被馬來西亞及內地讀者認識，我也因此認識了更多海外的朋友，遇見更多美味的佳餚，寫下更多的文字，拍下更多的照片。

然後，這些年過去了，就在愈來愈多人跟我說書店裡找不到書的時候，商周出版社提議幫這兩本書換件美麗的衣裳，重新面市。

我知道，我是幸運的。對我這樣一個創作者來說，這兩本書帶給我的，早遠遠超過最初投注的；一開始或許是我領著書走，但現在是他們牽引著我，帶我走他們的路。

出版社想用《小島的童話食譜》做為新的書名，我點了點頭。其實，「童話食譜」一直是我對這兩本書的暱稱，我覺得這些故事不是不寫實，而是更接近童話的質地；童話裡也會有巫婆和毒蘋果，但這不會影響公主與王子過著幸福快樂的日子。

我們都是公主，我們都是王子，而且我們的世界裡沒有巫婆和毒蘋果，多好啊，我們當然更應該過著幸福快樂的日子。

——二〇〇四年，三十二歲的夏天

《作者序》

# 歲月的臉，季節的歌

陳慶祐

（1）

二十歲生日那天，我翹了課，回到出生地，嘉義。我沿著熟悉的巷弄步行，走回出生的醫院。

那是一家詳和的醫院，彷彿不曾有過生離死別。我挑了一張椅子坐下，看著醫院護士來來回回，像是跳舞一樣地走過陽光揚起的塵；我在想，二十年前，當我還是個魂魄的時候，是不是也坐在這張椅子上，等待著，來人世翻滾一回？

十二點零七分，我在這一刻站了起來，走過產房的門口，走近育嬰房的窗邊，那啼哭的嬰孩和我同一時間誕生，只是我們相差了二十歲。

這就是我的成年儀式。

成年以後，我以為自己會有著堅強的臂膀，扛得住雨滴風霜；後來才知道，二十歲的眼淚實在太輕弱，溜呀溜，常常落成玻璃杯外的霧水。

於是，我重新面對「成年」這件事。

## 2

第一次認識三十年紀，是在朱天心的《擊壤歌》裡。那時多愁善感地年輕著，以為三十歲唯有自殞，才不會磨損了靈魂的晶脆。

好長一段日子，我都這樣以為，直到認識了曼娟老師。

第一堂課，她走進教室，一襲白襯衫和一個挽起的髮髻，怎麼看都像是初闖江湖的俠女。她說：「人到三十歲，才慢慢懂得自己。」原來，「瞭解」自己是不夠的，還要「懂得」自己；瞭解是一種認知，但懂得是一種包容。我突然對自己的三十歲感到興趣。

我常常覺得，女人是我生命中的導師，她們教會我以柔軟的姿態，面對世界的林林總總；順境也好，逆境也罷，她們宛若謙謙竹林，溫柔地與風嬉戲，不亢不卑。

死亡也是我生命中的導師，每每與它狹路相逢，總被它教會許多事。

二十歲那年，大弟因癌症離世，我突然知道，這個世界比我想像得要糟，卻也比我想像得還要美好。

二十三歲那年，爸爸積勞成疾，客逝異鄉，我花了許多時間閱讀生死學的書，然後明瞭，「人是向死的存在」。

陪伴我十二年的博美狗皮皮，今年春天在我的懷裡闔上眼睛，我的眼淚捨不得他，卻也知道了，我們曾經相親相愛過，就對彼此沒有遺憾。

我們等待花開，等待降雪；我們也等待花謝結果，雪融成水。身為宇宙的一員，我學習與一切平起平坐，與天下萬物對話，並將自己視為一朵花開，一場降雪。

（3）

《三十歲的成年禮》，我只是想記錄我和我的朋友在這個年紀的歡喜憂傷。

我們都怕老去，也都在期待未來的歲月；我們都被人事折損，也都被人世磨圓；我們都在跌跌撞撞，也都在追逐永恆；我們有的時候自戀得緊，有的時候卻又無私地愛著。

這些這些，那些那些，都是我們。

許多二十歲偷偷喜歡過的人，現在感覺無趣；許多三十歲愛著的

人，從前根本看不上眼。許多二十歲引以為意的事，現在毫不在意；許多三十歲視為珍寶的東西，從前完全不懂體會。

有了一點年紀，有了一點歷史，三十歲像是走過水草豐美的平原，開始攀上眺遠的山丘。歲月有張不老的臉，季節是首不變的歌，我們在行進間看到了，聽見了，載歌載舞地踮起腳尖踩著夢想的雲朵，奔向各人該去的遠方。

春有百花秋有月，夏有涼風冬有雪；
若無閒事掛心頭，便是人間好時節。

成年就是，懂得了人生的每一個當兒，都可以是好時節。

（4）

感謝那些在生命裡善待過我，或是痛楚過我的人。
因為你們，我看見全世界。

二〇〇〇年，燦爛的夏天

# 目錄

## 香港迷走



## 遺忘巴黎

# 故事的開始

"這是小島的答錄機，小島現在不在家，
和朋友一起開party去了。
請你留話，或者，
唱首歌給我聽，謝謝。"

平安夜裡，台北街頭的燈火絢爛如一條璀璨銀河。

我站在飯店高樓的窗台往下看，行人與霓虹一樣的匆忙；他們趕呀趕地，揹著一盞燈火的光明，向下一個未來前進。

我的朋友，也在人群中趕路，像一隻隻忙碌的螢火蟲吧?!

很多年前開始，我和我的朋友約定好每年的平安夜一起度過。我們會提早半年預訂飯店高樓的房間，準備幾瓶酒，幾道菜，幾個糕點，然後在平安夜裡守著彼此；我們在房間裡一起唱歌，一起遊戲，一起跳舞，累了就躺上床去，靠著彼此的溫度，暖一暖這一年來的心事；然後，天黑了，

天又亮了，我們在晨曦裡道過早安，再各自往自己的生活裡去，忙碌的忙碌，清閒的清閒，歲月就這樣悄聲路過。轉眼間，我們都接近二十歲的盡頭，要迎向另一個人生十載了。

「天呀，」芙蓉老愛嚷嚷。「真不敢相信，我已經是個三十歲的老女人了。」

「芙蓉、芙蓉，妳才二十九歲，不是三十歲，OK？」Snow總是這樣提醒著。

「那有什麼差別？」

「當然有，妳如果三十歲，那我就是三十歲又一個月了。」

原來最在意的是Snow。

「你是男生，不怕。」瞳瞳對Snow說：「我們日本人說，三十歲的女人像是聖誕節的蛋糕，過了這一天，就沒有人買了。」

「那是你們日本人的大男人主義，」芙蓉說：「不管我幾歲，一定有男人愛我的，你說是不是呀，小島？」

「是是是，哪個男人有辦法躲得過廣播名女人芙蓉的傾城魅力？」我笑著說。

「我就可以。」阿楓嬉鬧著。「認識她這麼多年，我還不是沒愛上她？我愛的女人只有一個，就是水野瞳。」

剎時間，瞳瞳羞紅了臉。

「拜託，那是我們認識得太早。我剛認識你的時候，你連自己都不喜

歡，又怎麼會喜歡我呢？」芙蓉取笑阿楓。

呵，這就是我的朋友。彼此靠得很近，卻又愛在言語上占便宜；大家相識已久，卻又能欣然包容彼此的成長變遷。

我在飯店高樓的窗台上思念著我的朋友。

今年的冬天特別冷，街上的交通也特別壅塞，或許是因為這樣，他們都來晚了。

才這麼想著，房門就傳來扣響；那聲音舒緩而穩定，像一首鋼琴協奏曲。

是Snow，他穿著一件藍色風衣，雙手提滿了食物。

「小島，Merry Christmas！」他給我一個熱情的擁抱。

「咦？只有你一個人來嗎？」

話才剛說完，房門又傳來扣響；這回，聲音輕跳地奏成一首童謠，咿呀咿呀地歌唱。

果然，是阿楓和瞳瞳，他們穿著同款式的橘色毛衣，提了一只蛋糕，帶了兩瓶紅酒，進了房門。

「嗨，Snow，」阿楓打著招呼：「怎麼樣，最近該進場買什麼股票？」

「別提了，最近股市上上下下，誰說得準呢？」

Snow是證券公司營業員。當年，他選擇這個職業，跌破了大家的眼鏡；我們總認為，他應當往文字工作走，或是去雜誌社當編輯什麼的。結

果，我們都看錯了，Snow不但做得有聲有色，還賺進不少錢，成為我們朋友裡，第一個擁有房子的單身貴族。

「小島，你呢？工作得如何？」瞳瞳問。

「……我又辭職了。」

餐廳那個老闆，竟然要我把酸掉的沙拉送去給小朋友吃，還說小朋友不懂，這我怎麼做得出來？所以，我就辭職了，結束我第十五個餐廳的工作。

「不說這個。芙蓉怎麼還沒來？」我問。

「啊，我差點忘記了。」只見瞳瞳從背袋裡拿出一台收音機，插上電源。「她在這裡。」

「……我不知道你今晚和誰、在哪裡度過這個歲末的平安夜，但我衷心祝福你，聖誕節快樂。

我的聖誕節，就十分特別。我有一群好朋友，很年輕的時候就認識了，而且說好要相伴一輩子。那時候，我們一起在一座溪畔的翠谷校園裡上課，以爲一輩子就是最美的承諾；這麼多年，我們就這樣一起走過來了。我們之間，有一個美麗的約會，約好每年平安夜一起度過。今年因爲節目時間有了調動，我會晚一點赴約，但是，小島、Snow、阿楓、瞳瞳，我下了節目馬上就來，你們可千萬不要把菜吃光光喔……」

「哈哈。」我們一起開懷大笑。

布置好滿桌子的菜，我們開啓了紅酒，一邊聽著芙蓉的節目，一邊吃吃喝喝、聊起天來。

「阿楓啊，你們決定什麼時候結婚？」Snow問。

阿楓和瞳瞳在一起好多年了，他們一起從學校畢業，一起在阿楓爸爸的布莊裡工作，彷彿就要這樣永遠在一起了。

「我下個月要帶他回日本。」瞳瞳說：「很久沒有見到外婆了，很想念她。」

「喔，醜媳婦終於要見公婆了啊?!」Snow開玩笑說道。

「見了瞳瞳外婆，你們會不會就在日本結婚？」我問。

「結婚？怎麼可能，我們都還這麼年輕，又沒什麼經濟基礎，外婆哪敢把瞳瞳託付給我？」阿楓看著瞳瞳說：「妳說，是不是？」

瞳瞳沒有說話。

「或許，我也會考慮出國去走走。」Snow說：「最近有點職業倦怠了。」

「嘿，」我說：「還記不記得我想要開店的事？」

「當然記得，這可是小島一生最大的夢想。」阿楓說：「你不是還要強迫我們入股嗎？」

我從退伍後就在不同的餐廳裡工作、學習，考各種不同的廚師執照，就是為了有一天，實現我開店的夢想。

「我突然想到，如果有一天，你們都去了不同的地方，然後幫我蒐集各地不同的食譜讓我試做，或許我們就可以開一家餐廳，供應世界各地的風味餐。」

「嗯，這個想法很有趣，這樣客人就可以吃到全世界的料理了……」

「我一回日本就把食譜寄給你……」

「我們還可以賣義大利麵、賣美國漢堡……」

「香港的老煲湯也不錯……」

「嘿，等一下，你們聽你們聽……」

「……接下來，我要爲我的朋友，還有今晚所有聽眾點播一首歌，Louise Armstrong的『What A Wonderful World』，不管你在哪裡，和什麼人在一起，請讓我們一起看看窗外，看看這個美麗世界……」

再過不久，芙蓉就會下了節目，加入我們的宴席；再過不久，阿楓和瞳瞳就會飛往日本，準備婚禮；再過不久，Snow就會放下工作，到國外休息；再過不久，我的餐廳就會熱鬧開幕，作起生意。

再過不久，我們就要三十歲了。

再過不久，我們就真的要相伴一輩子了。

Ching

# 京都飄雪

Kyoto

京都住了許多百年幽魂，
他們不願意離開這個人間原鄉，
於是迷迷茫茫等待鴿子飛過寺廟的飛簷；
就著翅膀的影子，
他們在思考，
怎樣才能讓過去的繁華重來一遍？

# 回憶是一抹麥芽色漸層

## 和風親子丼 Oyakodon

"小島？你還在睡呀？
我和阿楓在中正機場，等一下就要上飛機了。
小島，你要好好保重，我們會寄明信片回來的。"

飛機飛抵成田機場後，阿楓和瞳瞳在東京住了一晚，第二天乘坐新幹線北上盛岡，再轉巴士經八甲田山，前往青森十和田湖。

瞳瞳此行是為了去姨婆的旅館見習，好為回京都接手外婆的旅館作準備，而阿楓也趁這個機會遊覽日本風光。他直嚷著要看雪，只是，時序入春，雪的影子愈來愈難尋覓，只有遠山頂端還有一些冬的殘跡。

下了公路以後，巴士穿過重重山徑；突然，轉過一個彎，一面鏡子

似的珀綠瑩亮鋪展在天地間。

「這是日本最美麗的湖泊，十和田湖。我曾經在這裡住了整整一年。」瞳瞳笑了笑，淺淺地思索起青春的距離。

公車在渡頭前的小站停了下來，粼粼湖光照在小站牆上，漣漪般流轉歲月的年輪。清冷空氣裡，呵著白色氣息，瞳瞳牽著阿楓的手，跳呀跳地往渡頭走。姨婆的日式旅館就在湖畔，那是座木造建築，有一個竹林扶疏的庭園，黝黑木板鋪成的長廊立在庭園間，像一聲幽靜的蟬鳴。

一進門，花白了頭髮的和顏夫人穿著和服哈腰問候，瞳瞳興奮地抱住了夫人，伊啊伊地說著親切的家鄉話。不一會兒，夫人領著他們到一個向湖的房間，房門口掛了一塊木板，用蒼勁的毛筆寫了「楓」字。

「我跟姨婆說了你的名字，她就要我們住在這間屋裡。」瞳瞳跟阿楓解釋著：「你仔細看，這裡的房間都有自己的名字。」

果然，「楓」的隔壁是「櫻」，再隔壁是「梅」和「竹」。

「謝謝。」阿楓道謝，姨婆也還了一個深深的鞠躬。

姨婆要阿楓休息一下，又領著瞳瞳到別處去。

當瞳瞳換上一身和服走到阿楓面前時，他差點認不出了。鵝黃色的緞綢光亮閃啊閃的，襯得瞳瞳一如新嫁娘。

「你不要這樣一直看著我嘛。」瞳瞳羞答答地低了頭，頰間飛過兩抹嫣紅。

「妳，好漂亮。」阿楓由衷地說。

今天起，瞳瞳便是這間日式旅館的見習「若女將」，幫著「女將」姨婆招呼客人。白天，姨婆和瞳瞳在旅館上上下下忙碌，迎客人、領房間、提行李、送餐食；阿楓就到湖畔散步，或乘渡船橫過十和田湖，走進初發嫩葉的奧入瀨溪流。黃昏後，阿楓回到旅館，幫著瞳瞳替客人鋪床，細心地溫著客人的眠夢。等一切忙碌結束，夜已深沉。

這樣的日子很辛苦，瞳瞳每天累得一進被窩就入睡，只有阿楓還醒著，他常常在想：這就是瞳瞳將來的生活了，那麼，他願不願意這樣陪著，一輩子？

有一天，姨婆和瞳瞳、阿楓在入夜後一起吃晚餐。

「晴彥明天回來。」姨婆不經意地說。

瞳瞳愣了一愣，眼中閃過一些阿楓看不懂的光；有些驚訝，有些惶恐，卻也有著深深的期待。

「晴彥是誰？」阿楓在入睡之前，問了瞳瞳。

「他是姨婆的兒子。」瞳瞳說：「……也是我以前的男朋友。」

阿楓知道，瞳瞳曾經有個青梅竹馬的男朋友，因為阿楓的介入，他們才分手。但他不知道，那個男朋友就是姨婆的兒子，晴彥。

那年，瞳瞳到姨婆家見習，被晴彥細心照顧，他們朝夕相處，愛苗長成交纏的藤。後來，瞳瞳在外婆鼓勵下，到台灣作交換學生，又認識阿楓。阿楓從見到瞳瞳第一眼，就殷殷表達自己的愛意；瞳瞳告訴阿楓，她有男朋友了，阿楓不但沒打退堂鼓，反而展開更熱烈的追求。

「我可以證明自己比他更愛妳。」阿楓說。

每天，阿楓到宿舍門口接瞳瞳上學，下了課，又送瞳瞳回去；在那個溪畔翠谷的校園裡，每個人都傳說他們相愛了。

瞳瞳從斷然拒絕，到慢慢和阿楓熟稔起來，她心上的天秤總是搖擺不定，直到，她和阿楓去了澎湖。

那天，風薰薰地吹，海水涼沁地覆過瞳瞳的腳踝，阿楓拉著她，搶在漲潮之前涉水走過兩座小島間的礁岩路。

「快點快點，海水一會兒就把這條路淹沒了。」阿楓在風中喊著，他的側臉有一種汗水洗滌過的喜悅。「我們要作一對亡命鴛鴦囉。」

天寬地闊，瞳瞳跟著阿楓的腳步，被海水追趕著；剎那之間，她明白了阿楓和晴彥在自己心中的地位。晴彥是東京都廳西裝筆挺的上班族，給她溫飽，供她安全感；阿楓則是原宿竹下通的風采少年，用青春不羈妝點門面，不畏前途艱險。這樣兩個人，如何抉擇？

瞳瞳選擇了阿楓。她知道，和晴彥在一起是一輩子的事，卻不知道，能和阿楓走多遠。但是，「明天」不就美在未知嗎？

晴彥回來了，他帶著女朋友香織，回到十和田湖畔。

第一眼，晴彥見到了瞳瞳，阿楓看見一種初戀男子的癡傻與迷離。晴彥不高，自有一股不苟言笑的肅穆；而他身邊的香織笑臉盈盈，一舉手，一投足，盡是溫柔。

「這是晴彥。」瞳瞳介紹他們彼此認識。

「你好。」阿楓說。

晴彥看著阿楓，沒有說話，兀自往旅館裡走。阿楓伸出的手停在半空中，被瞳瞳輕輕地握住。

小島，我今天看到瞳瞳以前的男友，晴彥。

我實在說不出自己心中的感覺，五味雜陳。他們說著我聽不懂的話，而我坐在那裡，看著自己的女友和從前的男友說笑。瞳瞳下廚，做的是給晴彥吃的「親子丼」，那是他們當年一起學做的，今天說要重溫舊夢。突然之間，我才明白，自己是一個介入者，介入別人的愛情，也介

入別人的回憶。我在想，如果沒有我，瞳瞳會不會就是晴彥的妻子了？

回憶是一抹麥芽色漸層，他們在其中浸潤；而我，就在光芒之外，說著自己的語言，寫著自己的文字。這樣的情緒，你能懂嗎？

夜裡入睡之前，瞳瞳靜靜地枕在阿楓的臂彎裡面。

「不要介意晴彥，好不好？」她說。

「我第一次感覺，自己是一個介入者。」阿楓說：「從前沒見過他，實在無法真實體會到自己是從他身邊把妳搶過來的。」

瞳瞳翻過身來，捏了捏阿楓的鼻子。

「先生，我不是物品，也不用你們搶來搶去，好嗎？」瞳瞳佯怒。「我就是我自己，我可以選擇自己要走的路。」

「那麼，哪裡是妳要走的路？」阿楓靠著瞳瞳的耳蝸，輕輕地問。

「我才不要告訴你呢。」

「真的不告訴我？」

阿楓靠得更近了，微微呵著氣。他伸長了手，開始在瞳瞳腰間哈起癢來。

「救命啊！」瞳瞳一邊氣喘吁吁地笑，一邊拉了枕頭還擊。

就在兩人的嬉鬧笑語裡，十和田湖畔的春天又添了幾許。

OYAKODON

**親子丼是他們當年一起學做的，今天說要重溫舊夢。**
**回憶是一抹麥芽色漸層，他們在其中浸潤；**
**而我，就在光芒之外，說著自己的語言，寫著自己的文字。**
**這樣的情緒，你能懂嗎？**

# {和風親子丼 Oyakodon}

（一人份）

材料

佐料汁（味醂、醬油、罐頭高湯、水）
雞腿肉 ＝ 70g 切丁
蛋 ＝ 2個　打散
粗蔥 ＝ 10g 斜切成段
白飯 ＝ 1碗

1 按味醂 6：醬油 2：罐頭高湯 2：水 1 的比例，調佐料汁以備用。

2 取100cc的佐料汁置於鍋內預熱，加入雞腿肉後，轉為大火。待雞肉全熟時，丟入蔥段。

3 在丼碗裡盛飯備用。

4 以畫圓的方式將蛋液倒入 (2)，轉為中火。用杓子在鍋內略為畫兩下，當蛋液呈半熟狀態時，關火起鍋。

**5** 將 (4) 的雞肉覆蓋在 (3) 丼碗的飯上，即可食用。

### 主廚的叮嚀

★日文裡的「だし」，即爲高湯。如果沒有特別註明，通常是指「昆布柴魚高湯」，或者以市面販售的高湯罐頭取代。自製的昆布柴魚高湯並不難，首先，以二十公克昆布和一公升的清水煮十分鐘後，將昆布取出，在高湯裡丟入三十公克的柴魚片，待水滾後關火。過濾掉柴魚片的沈澱物，就成爲「だし」高湯。在這道料理裡使用自製的高湯時，必須將佐料汁的比例調整爲味醂六：醬油三：高湯二。

★丼料理所使用的米飯，可以煮得比平時稍硬，好讓米粒有吸取佐料汁的空間。

★蛋液只需稍微打散即可，不要打得過發，當蛋液煮得半熟狀態時，半熟的蛋白可以讓口感更滑嫩。

# 和風五丼

據說，「丼」是由日本人所創造的漢字。他們戲稱：這個字從筆劃看起來，就像把小石子丟進井裡，而井裡激起的水聲和迴聲「咚——噗哩！」剛好就是丼的發音。

關於丼的故事，有幾種說法：有人說，丼這種湯碗來自於韓國，形狀類似和尚化緣的碗，因為發音的訛傳，於是「Tanbaru」變成「Donburi」；還有個說法是，在江戶時代中期，日本的小吃店就盛行使用丼碗盛麵、盛飯，他們打破了日本人原先至少一飯一菜一汁（味噌湯）的飲食習慣。這種以丼為招牌的小吃店叫作「どんぶり屋」（簡餐店），裝飯的碗則被稱為「けんどん」。

其實，在江戶時代中期，這種將飯、麵裝在丼裡的飲食方式，還是難登大雅之堂。然而，隨著江戶城（東京）的工商業日漸發達，這種便宜、好吃又簡便的供餐方式，卻意外地受到商人與工人們的歡迎。可謂是小兵立奇功呢。

起初，丼碗的功用不過是裝蕎麥麵的器具而已，直到江戶時代晚期，鰻魚店偶然將烤鰻魚片蓋在飯上，卻發現：丼碗有保溫米飯的功能，於是「鰻丼」的口碑就傳開來了。

大約同個時期，因為日本與西班牙、葡萄牙的接觸而習得油炸的料理（即後來的「天婦羅」），於是有天婦羅與丼的結合，稱為「天丼」。然後，明治維新後，「牛鍋」如雨後春筍，每當吃完牛鍋後，鍋底的湯汁讓人覺得棄之可惜，於是將湯汁淋在飯上，就成為「牛丼」的起源。大正年間，在東京上野有家賣炸豬排（カッレッ，Cutlet）的餐館，將炸豬排蓋在飯上，簡稱為「カッ丼」，後來取其諧音並在字面產生正面的意義：「勝丼」。至於「親子丼」，在昭和時期前後登場，傳說起源於東京人形町的雞料理專賣店，店家應客人要求將蛋液淋灑在「土雞砂鍋」而得來的靈感，既然是雞肉與雞蛋，那麼就像密不可分的親子關係，所以稱為「親子丼」。

所以囉，五大丼：鰻丼、天丼、牛丼、勝丼、親子丼，至今廣為流傳。

# 燃燒的樹屋

壽喜燒
Sukiyaki

"小島，我昨天給芙蓉打電話，她說決定要去香港發展了，
你知道這個消息嗎？
我想麻煩你幫我買個她最愛吃的提拉米蘇送給她，
幫她餞行，好不好？麻煩你了。"

十和田湖的春花開了，瞳瞳和阿楓沿著湖畔散步，只見四處的遠山披上了斑斕的顏彩，新綠盎然。

「再過不久就要回京都看外婆了。」瞳瞳喃喃地說：「好久好久沒有看見她了。」

「見了面，我應該怎麼稱呼她？」

「叫她林奶奶吧，」瞳瞳說：「她姓林，是個台灣人。」

「啊？」

阿楓有些詫異。瞳瞳的外婆不是日本人？而是台灣人？

「嗯，只是，她大半輩子都沒有找到回家的路。」

二次世界大戰烽火連天的那幾年，林奶奶還是個青春正盛的少女。當時，台灣是日本的殖民地，壯丁們被徵召入伍，在戰事最前線茫茫然不知所措；島嶼的民生用品也悉數充軍，成為日本皇軍的奧援。

在還沒識得戰爭的殘酷之前，林奶奶就初嘗愛情的滋味了。對方是隔壁村子的遠房表哥，常常藉故繞到林奶奶的村子裡來，等在林奶奶洗衣的溪邊。

剛開始，林奶奶不敢看他，只是低了頭默默洗著一家的衣服；表哥也不喚她，兀自和著林奶奶搗衣的聲音，深情唱歌。一天，林奶奶禁不住心上的好奇，偷偷抬頭望了他一眼；只見表哥閉著雙眼，陶醉在自己的歌聲裡，他一邊唱，一邊還揮著手打拍子。林奶奶覺得有趣，就一邊洗衣服，一邊盯著他瞧，想看看他什麼時候才會睜開眼睛；剛在心中揣度著呢，表哥

就睜開雙眼，停住歌聲，瞅著林奶奶看；林奶奶被望傻了，兩抹嫣紅飛上小小的頰。

就這樣，他們背著所有人，偷偷用紅線綁住了對方的小指。常常是表哥幫林奶奶迅速洗完了衣服，然後他們利用省下的時間走上山去。山上那棵最大的樹頂端，表哥花了幾天工夫用幾片草葉釘了一間小小的草寮，那半空中的草寮雖然寒愴，卻是他們心中堂皇的樹屋，他們就在樹屋上親親膩著；炊煙襯著浮雲，遠山傍著天際，他們也以為彼此可以這樣長久相伴。

後來，戰事發生了，荒年開始了。

那天，林奶奶聽說兵單送到隔壁村子，她趕緊飛奔而去，卻再也看不到表哥的影子了。走出村落，林奶奶再也站不住，她趴坐在路旁，不能哭，不能想，也不能說話。突然，路的那頭，她看見一輛軍裝車揚著塵囂向遠方駛去；也不知哪來的力量，林奶奶奮起直追，追著那輛愈來愈遠的軍裝車。

只要再見一面，再見一面就好。林奶奶在心底不斷喚著。

就這樣，林奶奶磨破了腳，追到軍中，卻也從此改變自己的命運。

當她氣喘吁吁地停下腳步時，被一群流涎的男人漩渦般團團圍住；林奶奶滿是驚恐，她掙扎著，呼喊著，卻再也找不到出去的路。從此，她被軟禁在一個房間裡，每天每天，不同的男人排隊走進她的小屋，把她當成溫存的情人，風流片刻。

林奶奶一度想尋死，卻又在轉念間想起了表哥的容顏。不是說要見他一面嗎？都在軍中，總有機會見到面吧?!活著，就有希望。林奶奶這樣告訴自己。

於是，她隨著軍隊去了南洋，用著豐盈的青春少女之姿為牲禮，祭給了烽煙流年。每當不同的男人進了她房裡，林奶奶總是亮起燈來仔細端詳，然後，再熄了火，讓男人的慾望在黑暗裡莽撞流瀉。

怎麼也找不到表哥了。

林奶奶只是一直等、一直等，等到戰事弭平了，等到青春收尾了，她還在等。

二次世界大戰結束以後，許多台籍兵與慰安婦被遣送回了台灣；沒有動章，他們只是一群替戰敗國打仗的傭兵，沒有人知道他們來自一座戰勝國的島嶼。

林奶奶並沒有回到台灣，她再也回不去了，那些無憂，那些純淨，她都再也回不去了。林奶奶知道，她的父母、她的家族、她的村落都容不下她身上幢幢的男人身影，她只能選擇留在南洋，或是跟著一個喜歡她的日本軍人回京都去。

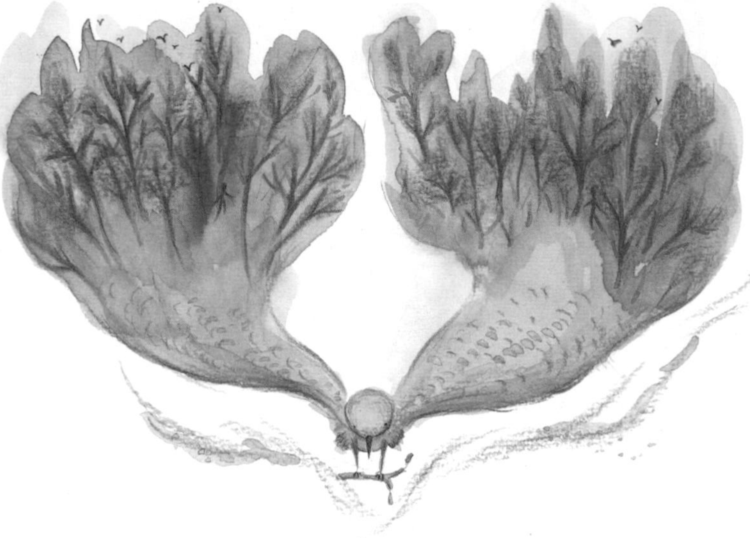

她選擇了後者。亂世裡，若是找不到你愛的人，至少要跟一個愛你的人，日子才能安穩。那個人就是瞳瞳的外公，水野先生。

水野先生的妻子過世得早，留下一個稚女，就是瞳瞳的媽媽。回到日本以後，林奶奶將瞳瞳的媽媽當作自己女兒，照顧得無微不至；水野先生提了好多年的婚事，林奶奶卻終生沒有答應，她只是肩負起一家的重擔，從未有過一句怨言。林奶奶陪著水野先生走過生命裡的最後一段，陪他散步，為他熬藥；水野先生闔上眼睛的前一刻，林奶奶跪坐在他身邊深深鞠了一個躬，感謝他在最需要的時候扶持了她。水野先生辭世以後，林奶奶頂下了哲學之道旁的小旅館，用這家店的收入，拉拔瞳瞳的媽媽長大；然後，看著她談戀愛，看著她未婚生女，再看著她產後虛弱、染病身亡。

「你知道為什麼外婆將旅館取名『嵐』嗎？」

阿楓搖了搖頭。

「那是外婆表哥的名字。」瞳瞳說：「外婆的房裡有一張畫，是她特別去學了畫，然後畫下的。那是一間樹屋，有一面攀了蔓葉的窗子，窗裡，一個女孩偎在男孩的胸口，雙頰掛了淚珠；只是，男孩和女孩都花白了頭髮。

記憶中，外婆是不哭的，只有一回，我在夜裡醒來，看見她房裡有微光，我走了過去，想跟她打個招呼，卻看見她將那幅畫揣在懷裡，默默掉著眼淚。我沒有驚擾她。第二天，我又看到那張畫掛在原來地方，只是畫中的女孩哭得更傷心了。」

阿楓沒有說話。他知道，屬於時代的悲劇，都是由不得後人置喙的；多說一句，太過苛薄，少說一句，又不夠敦厚；那些沒有劇本的流離失所，不是任何言語所能詮釋的。

「外婆從小就對我好。她來自台灣農村，為了感念牛對農人的幫助，她是一點牛肉也不沾的；但是，聽人家說牛肉對成長中的孩子有幫助，她就顧不得自己的禁忌，為我做牛肉壽喜燒。印象中，每回吃壽喜燒都在冬天，外婆總是準備兩只鍋，一只讓我涮牛肉，一只她自己吃；外面大雪紛飛，我們一家兩口人就這樣隔著兩只鍋對望著。那，就是我童年最深刻的景象了。」

「所以，妳的閩南語也是外婆教的？」阿楓問。

瞳瞳點了點頭。

「怪不得說得那麼好。」

剛認識的時候，阿楓驚訝於曈曈的台語這麼流利，在曈曈的國語沒那麼好以前，他們都是用台語溝通的。

「這回去台灣之前，外婆給了我一筆錢和一個地址，她說，這麼多年，也不知道家裡還剩哪些人，請我去幫她看看，然後再把那筆錢轉交給還活著的親戚。」

「妳去了？」

「嗯。那原本是個小村落，現在已經發展成一個小鎮，路名、街名都變了，我一路問人才找到林家。我跟他們說，我是來自日本的研究生，想要訪問幾個經過二次世界大戰的台灣家庭，作為寫論文的研究對象，他們信以為真，就和我聊了很多家裡的故事。

外婆的爸爸媽媽很早以前就過世了，守著老家的是大哥，其他兄弟姐妹都搬到台北、台中等都會區去了。當我問到家裡是不是還有什麼人時，他遲疑了好一會兒，才說，他還有個妹妹，戰爭時被日本人擄了去，從此沒了消息。

我問他，想不想她？他竟告訴我，早就連長相都忘了。

我又趕緊問他，知不知道從前隔壁村子的那個表哥後來怎麼了？他嘆了一口氣，說表哥在戰爭結束後瘸了一條腿，每天抑鬱度日，家裡替他買了一個媳婦，逼他成親，他竟然就在結婚的前一天放火燒了村子旁的一座山，然後從此不見蹤影。」

「放火燒山？」

「嗯，你也猜到了吧?!他把那個樹屋和整片山林都焚燬了，屬於他與外婆的記憶在熊熊火光裡燃燒著，伊人卻再也喚不回了。」

輕輕的，瞳瞳嘆了一口氣。

「外婆的大哥問我怎麼知道這麼多，我答不出來，面紅耳赤地站在那裡，他也就沒有多追問了。臨走之前，我把外婆的錢交給他，說是採訪費，他說，那正好用來修祖墳。就在我轉身要走的時候，我聽見他在身後小小聲說：『告訴她，好好過日子。』

我愣住了。回過頭，他就這樣若無其事地盯著我看，好像一切都沒有發生，我只是聽到了自己心底的聲音。」

晌午剛過，十和田湖就起霧了。層層疊疊的霧氣漫著湖心，遠眺像一幅中國的潑墨山水；留了白的天空，彷彿應當題上幾個字。

題什麼字好呢？阿楓在心底思量著，卻始終沒有答案。因為在他心中，另有一幅畫像——那是個瘸了腿的男人，在著了火的樹屋裡面，安靜而篤定地寫著自己的名字，和一個女人的名字；當他抬頭微笑的時候，風把他帶去了遠方，讓他看見自己的名字在異國的石板路上，閃閃發光。

SUKIYAKI

**每回吃壽喜燒都在冬天，外婆總是準備兩只鍋，**
**一只讓我涮牛肉，一只她自己吃；**
**外面大雪紛飛，**
**我們一家兩口人就這樣隔著兩只鍋對望著。**

# 壽喜燒 Sukiyaki

※輔助器材：鐵鍋與長筷子。

**材料**

**（四人份）**

牛肉片 ＝ 切成3mm厚
粗蔥 ＝ 斜切段
綜合菇類：香菇、金針菇、秀珍菇
蒟蒻絲
白菜
茼蒿
全蛋（沾料用）
牛脂肪
烏龍麵（用水煮過）

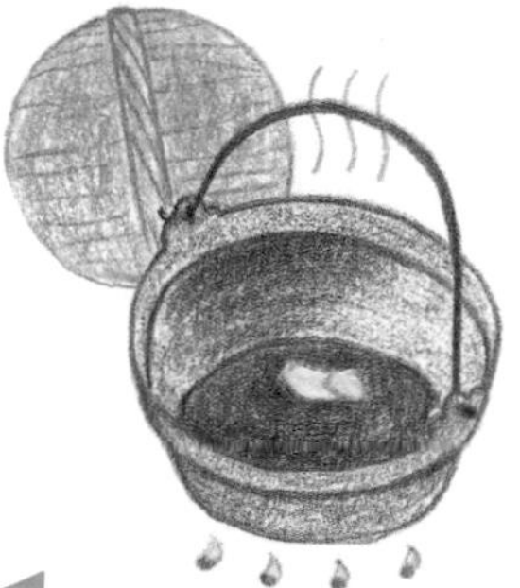

1 將牛脂肪放在預熱過的鐵鍋裡，煎出牛油。

2 以小火將蔥段煎至表面微焦狀態後，撥到鍋邊，待用。將牛肉片煎到四分熟左右，就夾起，放在蔥段上頭。

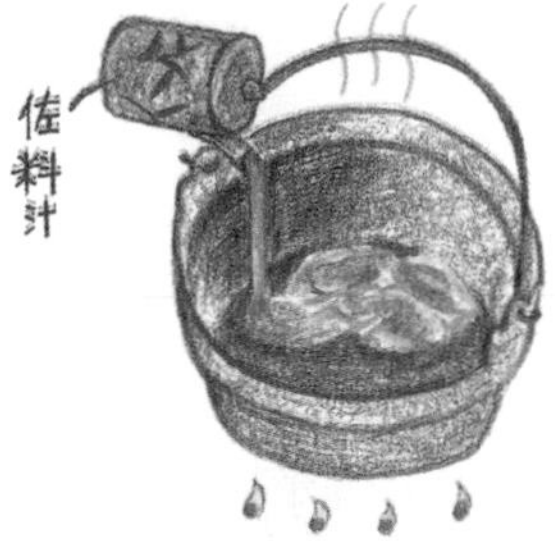


3 在 (2) 裡倒入佐料汁，約深0.5cm的量爲準。

4 依次加入比較耐熬的香菇、金針菇、秀珍菇；最後再加蒟蒻絲、白菜與茼蒿。

5 整鍋吃完後，可利用鍋內的佐料汁，重複 (2) 到 (4) 的步驟。

6 最後可利用鍋底的佐料汁煮烏龍麵（需斟酌添加佐料汁）。

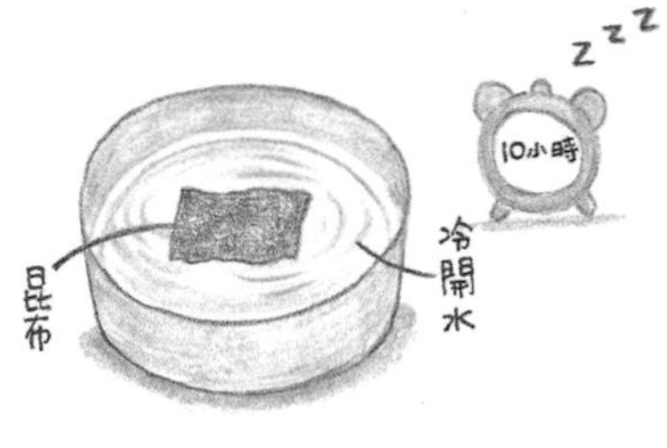


罐頭雞湯 = 1罐
昆布 = 30g
水 = 1000cc
黃砂糖 = 100g
清酒或米酒 = 100cc
白葡萄酒 = 100cc
味醂 = 100cc
醬油 = 220cc

**佐料汁**

**1** 昆布30g浸泡在1000cc冷開水裡，靜置十個小時以上。

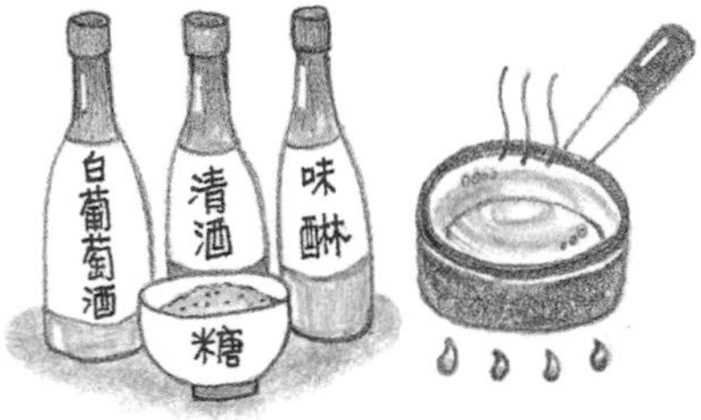


**2** 取出昆布，將罐頭雞湯與 (1) 的高湯混合。

**3** 清酒、白葡萄酒、味醂煮沸後，轉小火續煮五分鐘，待酒精蒸發後，再倒入黃砂糖，當砂糖化開後，即可冷卻備用。

**4** 混合醬油與 (3)，即成爲佐料汁。

## 主廚的叮嚀

★這道壽喜燒的牛肉使用火鍋牛肉片即可，視各人喜好，也可以選用牛腩或上等的牛肉片。在放入蒟蒻絲時，必須用白菜將蒟蒻絲與牛肉分隔開來，否則牛肉會硬化，失去口感。

★品嘗完壽喜燒之後，如果還不夠過癮的話，不妨利用鍋尾的高湯拌飯或乾麵食用，甚至加入白飯，繼續熬成稀飯，也別有風味呢。

# 日式鋤燒

在中古時期，日本天皇因為崇信佛教，曾經施行「禁肉食」的命令。農民們雖然平時茹素，卻偶爾想開葷，礙於肉類的腥羶味會殘留整個屋內與食器，於是，他們通常會移師到屋外，將肉類置放在清洗乾淨的鋤頭上，以炭火燒烤。這就是「SUKI」、（鋤）「YAKI」（燒）的語源。

剛開始，鋤燒的班底並不是牛肉，而是野豬、鹿、熊、狸等四腳動物。隨著基督教傳入口本，傳教士吃牛肉的舉動，才慢慢改變日本人的飲食習慣。直到明治五年（1871），明治天皇命令廚師烹煮牛肉，平民百姓逐漸破除「牛是生產工具」的觀念，自此，從皇家到官員、從東京都到鄉里，牛肉的美味開始廣為日本人民接納。

壽喜燒的吃法隨著地域而不同：以大阪為主的關西地區，是在煎得半熟的牛肉上依序加砂糖、味醂、醬油，然後放入配菜；以東京為主的關東地區，則是在牛肉與配菜上淋灑佐料汁。為什麼壽喜燒的沾料是蛋汁呢？有個說法是：壽喜燒的味道又鹹又甜，以蛋汁為佐料，可以刷淡味道，同時降低溫度，以免剛起鍋的牛肉過於燙口。

「壽喜燒（SUKIYAKI）」這個稱謂原本只流傳於關西地區（在關東稱為「牛鍋」），大約在昭和二十年（1923）前後，牛鍋這個名詞逐漸被壽喜燒取代。目前，只有東京淺草「久米」這家店還堅持以「牛鍋」為招牌。

在貧苦的時代裡，吃牛肉的禁忌雖然破除了，但是，牛肉的價位對普通家庭來說，卻是遠在天邊的感覺。我們不難想像這樣的情境：某天，父親以傲人的口吻對孩子說：「我買牛肉回來了，今晚就吃壽喜燒吧！」在孩子們眼裡，這個時候的嚴父必然變得溫柔無比呢。所以，許多人的回憶裡，壽喜燒的奢侈，不只是牛肉，還有難以言喻的親情。

# 京都飄雪了

"小島，我終於看見雪了，
在京都，我，一個人。
小島……我和瞳瞳分手了……"

## 散壽司 Chirasizusi

「晴彥和香織夏天就要結婚了。」

阿楓和瞳瞳正坐在南十和田湖的小火車站裡，等著往盛岡去的火車。小站裡沒什麼觀光客，只有一只暖爐熊熊燃著，三兩個候車的老人們緊緊依偎，彷彿這是地之角的最末一站。

阿楓坐在窗邊，正專心吃著瞳瞳早上剛做好的便當，那花顏一般的散壽司裡，深深淺淺地裝滿了春天的氣息。

「嗯。」他頭也沒抬地應著。

瞳瞳又看見他的遲疑與不經心了。她站了起來，信步走出了小站。

過去一段日子裡，瞳瞳提了幾次結婚的事，阿楓卻總是裝糊塗地帶了過去；瞳瞳有些失望，卻沒多說什麼，就這樣由著阿楓裝傻。

阿楓知道，在別人的眼裡，他們的愛情走到這個階段，就要進入婚姻了。但對於婚姻這件事，阿楓總是惶惶難安。

他問自己，愛不愛瞳瞳？愛，當然愛。他聽見自己的答案。但是，愛了，就要結婚嗎？愛了，就要承諾嗎？

他也沒有答案。

瞳瞳走出小站，往車站前的小巷弄走去。這個雞犬相聞的小村落裡，沒什麼鼎沸的喧囂，卻自有一種煙火人間

的平凡氣息。這家水開了，響笛催得抱孫子的婆婆衝進廚房裡；而那家院子裡的年輕人拿著水管，替滿身泡沫的家犬沖洗。這麼多年了，這個村落一點也沒有改變；這麼多年了，自己心中的夢想又改變了多少呢？

那一年見習結束，瞳瞳要回京都，晴彥送她到這個小站來搭車。晴彥說，這裡的小火車是舊式的，走得緩慢，沿途的風景卻秀麗極了。他們到得很早，晴彥牽著瞳瞳的手，走進這些小小的巷弄裡。瞳瞳記得，那天有雨，他們撐了一把秋香色的傘，踩過路上的小水窪。

「你看你看，這裡竟然還有仲介公司在賣房子耶。」瞳瞳拉著晴彥走近一家仲介公司的布告，一張一張地看著招貼的買賣。「這家有院子，可是有點貴耶……這家離姨婆家比較近……這家，哇，旁邊就是田地，真好……」

晴彥看著瞳瞳發亮的雙眸，看著她像玩扮家家酒般挑選著自己喜歡的房子，晴彥看著她的笑靨，自己也癡癡地笑了。

「等我們結婚以後，就來這裡買一幢房子，好不好？」瞳瞳聽見晴彥這樣說。

頓時，年輕的瞳瞳火紅了臉龐。

「誰要跟你結婚呀？」瞳瞳伸長了舌，扮了鬼臉。

「妳那麼認真地拉著我選房子，不就在暗示我……」

「誰說的，誰說的，我只是，我只是……」瞳瞳連忙解釋：「我只是看看嘛，我只是好玩嘛，我只是想知道……」

嘴裡胡亂編著藉口，但瞳瞳心裡，卻是喜悅的。

兩情相悅，誰不希望地久天長？這小村落的安靜與和諧，不就是瞳瞳對於她和晴彥的愛情最美麗的想望嗎？

那時候，瞳瞳怎麼也沒想到，將來會遇到另一個男人，會離開晴彥，會走向不同的人生。

如今，再次來到這個寧靜的小村落，自己還是平凡地想跟心愛的人白頭到老，身邊的人，卻總閃閃躲躲，說不出一個婚約承諾。

時間差不多了，瞳瞳走進小站，阿楓已經把行李扛到月台上。他站立在雪柳、山吹的苗圃旁，向瞳瞳招了招手。阿楓還是那樣年輕，那樣不問天高地厚；瞳瞳卻覺得，自己老得不像他的女友，而成了一個逼他成親的老媽媽。

只有一次，阿楓提到結婚的事。那一年，阿楓車禍住院，瞳瞳正巧回京都看外婆。隔著國際電話，瞳瞳慌忙問著阿楓的傷勢，他也沒多說什麼，聲音裡有著驚魂甫定的顫抖。

「我們將來結了婚，一定不要這樣兩地分隔。」

就是這樣一句話。

之前，之後，都不再有了。

他就是這樣的男人，把自己藏在傻氣外表裡，用遲疑與不經心來回答不想面對的問題。瞳瞳突然分不清楚，自己愛他哪一點？溫柔的部分？體貼的部分？或者，就愛他的逃避？

「在想什麼？」阿楓問。

「……沒有……」

「還說謊，我一看就知道妳有心事。」阿楓環抱著瞳瞳問：「願不願意告訴我？」

「我在想，你愛我哪一點？我又愛你哪一點？」

「小傻瓜，我當然愛妳的全部囉。」

「包括，我想結婚的那部分嗎？」瞳瞳看著阿楓的眼睛，這一回，她一定要有個答案。

阿楓說不出話來。

火車恰好進站了，阿楓傻笑，扛起行李，摟著瞳瞳，進了車廂。

瞳瞳不再說話。答案在眼前，她又何須強求呢？

上了火車，阿楓被沿途景致吸引了目光，瞳瞳卻陷入深深的沉睡。

她夢見那年坐這段火車時的自己，拿著晴彥為她做的便當，晃呀晃地用淚眼看兩側風景。她夢見那年澎湖的飛船，阿楓用襯衫為她擋海風烈日。她夢見外婆，夢見外婆的表哥；相愛的人，是不是都有著相似的臉？那麼，外婆的表哥也應該有著寬闊的額、厚實的唇吧?!她還夢見，未曾見過面的媽媽。夢見未曾見過面的爸爸。夢見幼年的自己過三五七節穿的小和服。夢見……

阿楓注意到，瞳瞳在夢裡哭，她的眼淚是潺潺溪水，潤濕了衣襟。

「瞳瞳？瞳瞳？」阿楓把她搖醒。「怎麼了？」

雙眼朦朧的瞳瞳模模糊糊看見阿楓的臉，「哇」地一聲哭了出來。

「乖，不哭，不哭……」

瞳瞳不知道自己怎麼了，她只知道，自己在道別。

小火車進了盛岡站，再轉新幹線，距離京都，愈來愈近了。

「京都是怎樣的城市？」阿楓問。

「……嗯？京都？」瞳瞳從恍惚中清醒了一點點。「京都住了許多百年幽魂，他們不願意離開這個人間原鄉，於是迷迷茫茫等待鴿子飛過寺廟的飛簷；就著翅膀的影子，他們在思考，怎樣才能讓過去的繁華重來一遍？」

阿楓還是看見瞳瞳眼眶中的淚水，他隱隱約約知道，有什麼事情就要發生了。

瞳瞳舉目遠望窗外，斜背的屋頂一瓣瓣閃著陽光，就像一雙雙翅膀，在風起的時候準備飛翔。屋頂是家的守護，阿楓，卻不再是自己的守護了。

「這次，外婆要我回京都，除了要將旅館交給我之外，還要和我們談談結婚的事……」瞳瞳說：「她說，等我們結了婚，你就搬到京都住，這樣我們可以一起照顧旅館。」

阿楓沒有說話。

「我跟外婆說，我們還沒有準備好要結婚。外婆問我，是還沒有準備好還是不想結婚？我就答不上話了。

你知道嗎？我從小的願望就是成一個家，就像窗外那些小房子裡住的人一樣；和一個男人，生兩個小孩，日子不一定富有，卻彼此關心，這就是我最大的願望了。外婆知道我的願望，我自己也知道我的願望，只有你不知道，因為，你從來不談結婚的事，我又怎麼能用我的願望來束縛你？」

瞳瞳流著眼淚，卻像在訴說別人的故事一般地平靜。阿楓望著她，這是他從來沒有見過的瞳瞳的模樣，不疾不徐，理性而堅定；阿楓只能聽著，聽著，迷迷朦朦，聽見一句：

「我們就到這裡吧。」

就像從前阿楓送瞳瞳回家，她總會在宿舍的小山坡前，要阿楓送到這裡就好。

「我們就到這裡吧。」瞳瞳又說了一次。

阿楓看見，車子進了京都站，那個用鋼骨建構的車站裡，是不是也有百年幽魂？

阿楓和瞳瞳立在京都車站前，看著雲朵倒映在車站的帷幕之間，阿楓看見，遠處那座寺廟的頂端也映在其中了。

「就送我到這裡吧。」瞳瞳說：「外婆還在等我回家去。」

就這樣？阿楓還在思索，瞳瞳卻已經拉著自己的行李，旋身離開了。

「瞳瞳……」阿楓喚著：「瞳瞳？」

瞳瞳的背影愈來愈遠，消失在鋪了一層霧的遠方。

驀地，遠方刮來一陣風，風裡飛舞著白色雪花，那雪花粉撲似飛上阿楓的臉，涼涼的，貼在阿楓的淚水裡。

京都飄雪了。

那雪，是櫻花，是往事，是阿楓再也回不去的從前。

CHIRASIZUSI

**南十和田湖的小火車站裡沒什麼觀光客，**
**只有一只暖爐熊熊燃著，**
**阿楓坐在窗邊，專心吃著便當，**
**那花顏一般的散壽司裡，深深淺淺地裝滿了春天的氣息。**

# 散壽司
# Chirasizusi

## 《 壽司飯 》

**材料**

米 ＝ 2杯
壽司醋 ＝ 米醋40cc、砂糖12g、鹽1匙
乾昆布 ＝ 1片(3x3cm)

**1** 將2杯的米與1又3/4杯的水放入電鍋內，再放1片乾昆布按上炊飯的開關。

**2** 當開關跳起後，讓米飯在電鍋內繼續燜十五分鐘，再將飯倒進寬廣的鍋子。

**3** 把預先調好的壽司醋均勻地撒在飯上，利用飯匙像刀子斜切般地往上翻動、拌勻。

**4** 用扇子或風扇搧涼 (3)，備用。

## 滷香菇

材料：乾香菇5大朵、煮汁（泡香菇的水1杯、醬油1大匙、砂糖2大匙）

1. 乾香菇以清水浸泡約一個晚上。
2. 取出 (1) 的香菇混合煮汁，以小火煮二十分鐘。
3. 將煮好的香菇切成1/4塊狀。

## 蛋絲

材料：蛋2個、糖2大匙、鹽1小匙

1. 蛋、糖、鹽混合，打散。
2. 煎鍋預熱，把 (1) 煎成薄片。
3. 冷卻後，切成細絲。

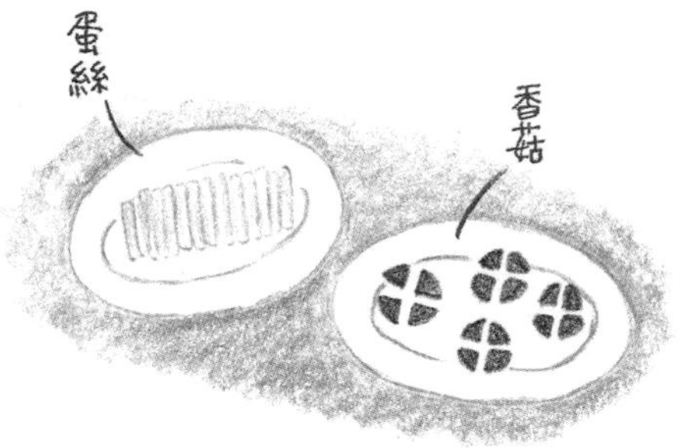

## 拌料

1. 按比例調好醃汁，備用。
2. 所有的材料切成骰子般大小後，倒入適量的醃汁，醃二十分鐘。
3. 濾掉拌料 (2) 的醃汁後，備用。

## 裝盤

材料：蟹肉棒3條、熟蝦4尾、豆苗少許、海苔絲少許。

1. 將壽司飯與拌料拌勻，鋪在大碗底。
2. 均勻地撒上蛋絲、滷香菇、蟹肉絲、熟蝦、豆苗與海苔絲等，即可食用。

# 壽司

壽司，是公認最具日本味的食物。

平安時代中期，所使用的「鮨」和「鮓」兩個漢字，指的都是我們現在所說的壽司；然而，到江戶時代出現「壽司」這個名詞以後，因為其發音與象徵吉兆的意義，都比較討喜，所以逐漸取代「鮨」和「鮓」的使用習慣。

現在的日本壽司大概可以分成兩類：熟鮨和早鮨。

熟鮨，指的是發酵壽司，將魚與飯層層交互重疊、醃漬，利用乳酸菌發酵所產生的乳酸，來抑制腐敗菌的增殖，根據考證資料，發酵壽司起源於中國西南山區，約在西元前三世紀左右傳入日本，經過多年的演變之後，於是發展成日式的「熟鮨」。

相對於必須花費數個月來發酵的熟鮨；早鮨，算是即時可以食用的速成壽司，完全不需等候發酵，而是將食用醋與飯拌成醋飯，大約起源於十七世紀。因為簡便、速成，使得早鮨廣受日本人的喜愛。

至今，醋飯和各樣食材的美味搭配，已經發展成各式壽司，例如：五目壽司、卷壽司、豆腐皮壽司等等。十九世紀初，在江戶（現在的東京）的人們為追求更快可食的壽司，研發出即製即食的手捏「握壽司」，稱為：江戶前壽司，意指食材取於東京灣。

有別於大阪關西地區的「箱壽司」（必須事先將鮮魚處理成醋魚，再與醋飯在如箱子般的模子裡加壓成塊狀，然後再經過四至五個小時的熟成才能食用），握壽司的組合很簡單：一口醋飯與一片新鮮的魚貝類，不僅製造過程縮短、食材新鮮，而且，任何食材都可以與醋飯團結合，完全迎合現代人所講求的新、速、實、簡。自從握壽司誕生以來，到第二次大戰後，握壽司急速地捲席全日本。現在，除非特別指名，不然所謂的壽司，大都是指握壽司了。

這道散壽司（散鮨）像百花同時盛放，色彩繽紛，爭相競艷讓人讚嘆連連，捨不得動箸，深怕不小心就破壞這美麗花園般的景致。散壽司可說是將飲食的視覺美感，發揮到極致，所謂的十人十色，或許，每個廚師在做散壽司時，心裡都有著自己的一片花園。

Ching

# 如風舊金山

San Francisco

你應該來看看，
喔不，應該用身體來感覺這座城市，
波浪起伏的街道上，
沒有一座建築物會擋住陽光，
除了自由，
這座城市沒有任何規則。

"天上的星星　爲何　像人群一般的擁擠呢？
地上的人們　爲何　又像星星一樣的疏遠？"（註）

# 我們都要幸福

## 巴沙米可醋風義大利麵
## Spaghetti alla Calamari et Peperoni

Snow在我的電話答錄機裡唱了一首歌，約我在夜晚的敦化南路樹河相見。

樹林那端，餐廳裡的人群剛剛散去，男男女女偕伴橫過半條街，像是一場剛剛散去的宴席。Snow就坐在樹蔭底，影子有些孤單。

「好熱鬧，是不是？」我指著人群，靠著Snow坐了下來，這才嗅到他身上漫出的酒氣。

「是呀，」Snow抬起了頭，讓星光照見他頰上的酡紅。「那是我男朋友的婚禮。」

那一瞬間，我突然說不出話來。

Snow從來不跟我們談他個人情感的事。每當有人問起，他總是笑而不答，像一朵霧中的花；久了，我們也就不再過問了。

就在那一瞬間，我才突然明白，明白Snow說不出口的，不是感情，而是那些在愛裡載浮載沉的憂傷。像他這樣一個體貼的男子，只希望跟大家一起歡笑，關於淚水，他從不讓人分擔的。

「他要結婚了，問我可不可以來參加他的婚禮，我能說什麼？只有點頭答應了。」Snow的語氣裡沒有怨尤，只有一點點的，嘆息。「我來了，但沒有勇氣進去，只能在這裡陪他，陪他在眾人面前牽一個女人的手，許一輩子的承諾。」

我們都沒有說話，任由現實的重量壓著黑夜的樹林，沙沙作響。

過了好一會兒，一個穿燕尾服的男人抱著一大把如火焚燒的紅玫瑰，慌忙跑到餐廳門口，他焦急地左右張望著，像在尋找什麼。

「那是我送給他的玫瑰花，一百朵，包成一顆鮮紅的心，花店說，那是代表『百年好合』。」Snow喃喃唸著：「百年好合……百年好合……誰不希望跟情人百年好合？」

男人似乎聽到Snow的聲音，他用著促急的眼神向林子裡搜尋；Snow也不閃躲，嘴角微微笑開了。

「百年好合……百年好合……」Snow還是喃喃唸著。

男人看見我們了。

他邁開步伐，正要向我們走來，卻被身後的女人叫住。女人穿著粉紫色的露背禮服，在冷風中瑟縮；她拿出一條長毛披肩，要男人替她披

上。男人一手抱著花，一手拿著披肩，臉卻朝著我們這裡望；一個不小心，披肩勾到了玫瑰花，女人也沒留意，攏合披肩，幾朵火紅玫瑰就這樣被抽了出來，拋向空中，像是婚禮結束時，新娘丟出的捧花。

只是，這回沒有一個人接到這束象徵姻緣的捧花，一朵朵紅玫瑰旋成風中的星火，花瓣散佚，胭脂狼藉，散成一地血色。

Snow的眼淚，這才滴下來。

「小島，我們走吧。」Snow低頭穿越馬路，我連忙跟上；他走得又快又急，差一點絆倒自己。

「Snow！」男人在對街大聲喊著。

我們都怔住了。Snow、我、男人、女人。

敦化南路的人群車陣流成一條河，我們佇立在時間無涯的渡口上，對望成兩座山丘。

男人輕輕噘起了唇，圈成一個吻，迎風送到岸的這頭。

「我們都要幸福。」男人說。

人群熙攘，車陣嘈雜，我卻清清楚楚聽見這句話；一個字，一個字，鏗鏘有勁地送進我耳裡。

「我們都要幸福。」Snow淚眼婆娑。

「從前每次道別，我們都是這樣的。」Snow說：「我們在風中親吻彼此，卻不靠近，因為害怕體溫太熾熱，把幸福融化了。」

我們對坐在圓山飯店前的山坡旁，看著起落的飛機和城市裡的硝煙流火。

「認識的第一天，我就知道他有女朋友了。那天是情人節，他買了一束花要送女朋友，卻跟女朋友在電話裡起了爭執；晚上，他帶著那束花走進公園裡，決定要把花送給第一個對他微笑的人，而那個人，正是我。

起先，我只是遠遠看著他，看著他身上穿的白色衫子攏著月色，那暈光真美，美得像一朵夜裡綻開的雪白曇花。我凝望著他，點了點頭，微微一笑。沒想到他竟然靠了過來，送我一束花，更沒想到，我們後來就這樣相伴了許多年。」

「你，不介意他有女朋友？」我問。

「我能怎樣呢？」Snow的笑有些悽惻。「要他跟女朋友分手，和我在一起？不可能，他們青梅竹馬這麼多年，沒有愛情也有親情，不可能說分手就分手……而且，兩個男人在一起，能不能有未來我們也不知道……所以每回在一起，我們都小心翼翼；小心翼翼地不被他的朋友撞見，小心翼翼地呵護我們的愛情，小心翼翼地承諾彼此：無論如何，我們都要幸福。

「那麼，你們幸福嗎？」

「很幸福。」

一架飛機經過我們的頭頂，帶來一陣風，吹開了Snow的愁鬱，吹來了他的笑顏。

「他喜歡開著車帶我到處走，這成了我們最大的快樂。走過不同的城市，不同的巷弄，他都會記得在每一次踩煞車的時候，用一隻手擋在我身前，保護著我；那小小的一個動作，卻讓我完全明白他的細心照顧。

我們開著車，在台灣島上四處優遊。我們聽過台南白河的荷花開，吹過屏東墾丁的落山風；我們也喝過台東初鹿牧場的新鮮牛乳，看過基隆和平島的海上落日。

有一回，我們投宿在一個小漁港邊，他竟然在天還沒亮就摸黑起床，到漁港採買海鮮，為我做義大利麵。於是，清晨時分，我在濃濃的香氣裡起床，看見心愛的男人在廚房裡忙碌著；他根本不會做菜

嘛，忙得手忙腳亂又不敢發出一點聲響，那幸福的景象啊，我一輩子也不會忘記的。」

Snow笑了，像個孩子一樣。

「他常說，他自己也分不清楚比較愛我還是比較愛他的女朋友，但他清楚地知道，和我在一起比較快樂。

是呀，我也很快樂。從前認識的人，都是匆匆來去，有時候只是知道一個代號，連真名都不會寫，就分手了。剛和他在一起的時候，我也以為就是逢場作戲、萍水相逢，畢竟他是個有女朋友的男人。沒想到，他那麼認真，認真地記住我們認識的日子，記住我們出遊的日子，記住我們共枕的日子……當對方這麼認真的時候，你怎麼可能說服自己，說這段愛情只是玩玩而已？

就這樣，我在愛情裡靠岸，以為從此波瀾不驚了。」

誰在愛情裡，不求一個安穩呢？

「後來，就遇到結婚的問題？」

「嗯。也不是沒有想過他有一天一定會結婚，但那時候的幸福如此唾手可得，又怎麼願意放棄？直到他們雙方家長見了面，討論了婚

事，我才意識到，自己其實是個第三者。

我想起了自己小時候，父親在外面有了女人，母親哀怨地守著夜，等著不一定回家的男人。那時候我還很小，卻已經知道什麼是寂寞。長夜漫漫，我總是睜著眼睛躺在床上，以為這樣就可以陪著媽媽等門；有時候睡著了，半夜也一定會再驚醒，然後捏手捏腳地下床去看爸爸回來了沒有；爸爸回來了，媽媽睡了，我才再爬上床睡覺。

我不斷想起這些小時候的事，然後驚恐自己會是將來他孩子的罪人……我不可以的，不可以把自己經歷過的寂寞帶給他的孩子，於是我提出分手，拒絕了他希望結婚後還在一起的請求。他不瞭解，卻尊重我的決定，他只希望我能參加他的婚禮。我去了，然後，我們就不再有牽連，不再有關係，不再有未來……」

Snow沉默了。夜無止盡的延伸，星光閃爍，我用手懷抱著他的肩頭，感覺到風的顫動。

「我們都在長大，也都在老去，」Snow說：

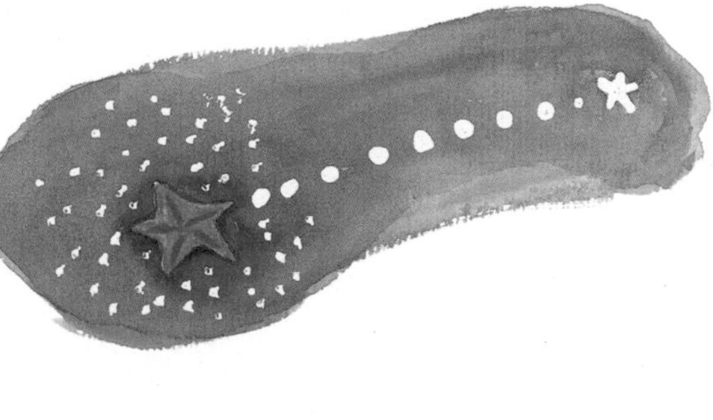

「我們能做的，是不是只有不斷地決定，然後不斷地告訴自己，不能後悔……」

沒有人可以告訴我們答案，只是萬家燈火裡，亮了幾盞，又滅了幾盞。

「我明天就要離開台北了。」

「啊？」我有些驚訝。「你要去哪裡？」

「去舊金山吧。」Snow說：「台北太冷，回憶太多，我想去舊金山找尋陽光……」

「證券公司的工作呢？」

「就做到今天。小島，你從前老跟我說，說我不適合在證券公司裡工作，其實你說的一點也不錯。那裡的人眼中只有一個字——錢，但我希望，除了錢，我的眼中還有其他的東西，比如說，夢想。以前為了照顧家人，就這麼委屈了許多年，現在，有了錢，有了房子，我就要離開了，我要去尋找自己的生活。」

Snow站了起來，在夜空中解開他的外衣，讓晚風疏過，鼓成一雙

黑色的羽翼；他振起雙手，在墨黑色的背景裡，星空作伴啊，這隻孤雁就要飛往遠方了。

「小島，你會祝福我的，對不對？」他回頭望一望我。

「嗯。」我用力地點點頭。

如果可以，我的朋友，我還希望能分擔一些你的寂寞。

「我的夢想其實很簡單的，」Snow看著遠方說：「我只希望，清晨醒來的時候，還有人願意為我準備一份早餐。我不要咖啡，不要煎蛋，我只要一盤充滿新鮮陽光的義大利麵。」

「那還不容易，走，到我家，」我看了看錶說：「離吃早餐的時間還有幾個小時，應該夠我做一盤義大利麵請你吃。」

Snow笑了，我也笑了。笑呀笑的，笑意在我們彼此的眼眸裡盪漾出淚水。

「不管你到哪裡，」我說：「我們都要幸福。」

「嗯，我們都要幸福。」

註：詩人羅青之〈答案〉

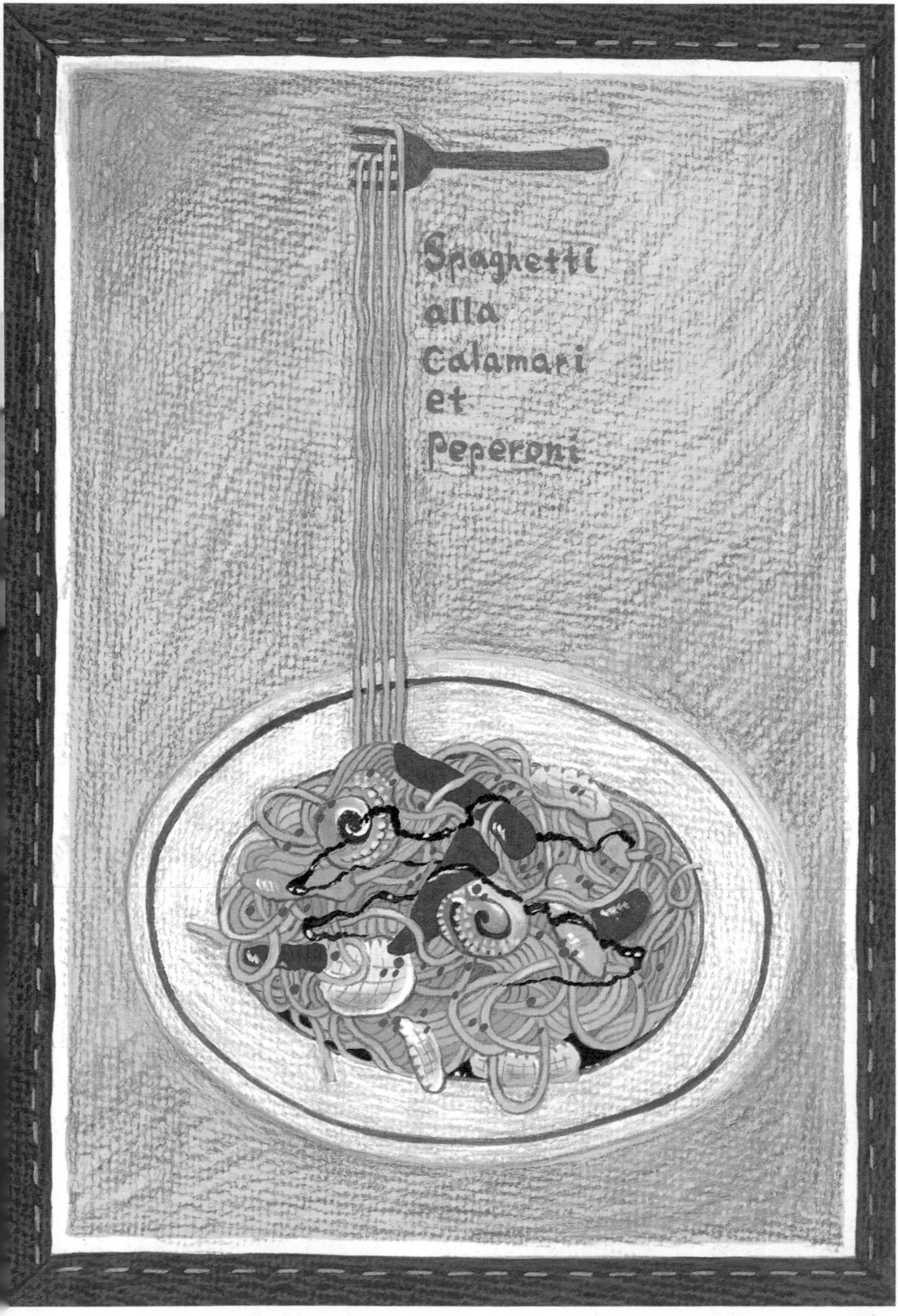
Spaghetti
alla
Calamari
et
peperoni

我們投宿在一個小漁港邊，他竟然在天還沒亮就摸黑起床，
到漁港採買海鮮，爲我做義大利麵。
看見心愛的男人在廚房裡忙碌著，
那幸福的景象啊，我一輩子也不會忘記的。

## 巴沙米可醋風義大利麵
## Spaghetti alla Calamari et Peperoni

（兩人份）

材料

義大利麵 (Spaghetti) ＝ 200g
花枝 ＝ 1隻
甜椒 ＝ 2個
罐頭鯷魚 (Anchovy) ＝ 1隻
橄欖油 ＝ 少許
鹽 ＝ 適量
蒜末 ＝ 少許
巴沙米可風醬汁 (Balsamico Sauce) ＝ 少許

1 將深鍋裡的水煮沸後，加入橄欖油與鹽；
麵條呈放射狀置入沸水裡，並稍加攪拌，以防麵條結塊。
當麵條煮熟後，撈起，拌橄欖油，備用。

2 利用烤箱烤花枝，至呈微焦狀，切塊備用。甜椒切塊烤熟備用。

3 在炒鍋裡倒入兩大匙的橄欖油，以小火爆香蒜末、鯷魚至金黃色。

4 將煮熟的麵條加入 (3) 拌炒，依個人喜好調味後，隨即倒入 (2) 翻炒，即可起鍋，盛裝於餐盤。

5 用餐前，淋上巴沙米可風醬汁。

## 主廚的叮嚀

★以文火熬煮巴沙米可醋，使其分量濃縮到原來的二分之一，即成爲風味獨特的巴沙米可風醬汁。

★煮麵時最好使用深鍋，水量約爲麵條的十倍，鹽的用量約爲水的百分之一。當麵條隱約呈透明色時，以指甲掐斷麵條，麵芯殘留白色針狀；或利用刀面平壓麵條，如果出現白色心蕊，即是最彈牙的口感。（義大利麵的水煮時間需依麵條粗細而調整，可參考包裝外的建議。）

# 公爵之醋

世界最貴的調味料——巴沙米可醋(Aceto Balsamico)，誕生在十一世紀的北義大利摩迪娜（Modena）。因為當時的巴沙米可醋專屬於艾斯塔家族，所以贏得「公爵之醋（Aceto del Duca）」的美稱。

普通的葡萄醋從發酵到裝瓶出售的時間，大約歷時一年左右；然而，巴沙米可醋卻必須從葡萄原汁加熱濃縮到原來的五分之三，再經過三天的靜置沈澱後，移裝到釀造桶，然後開始五年以上的發酵之旅。

光是釀造桶，就有不少學問在裡頭呢。釀造桶的材質有：橡、栗、櫻、桑等數種，不同的材質會影響醋的芳香與色澤。根據傳統釀法，巴沙米可醋的製造過程裡就得換過五種材質（甚至更多）且不同大小的釀造桶，每年，必須將被釀造桶吸收、蒸發到剩半桶的醋液，轉盛於較小的釀造桶繼續發酵熟成，隔年重複相同的動作，以此類推。比較講究的釀法，就算花個十二年、二十年或一百年都不為過呢。

義大利原產地管制名稱規定：限摩迪娜與艾米利亞（Emilia）兩地所產，且經過五年以上的釀造，方能稱為：「Aceto Balsamico」；至於，經過十二年以上的釀造，如果能通過評鑑會的評定，始可稱之為：「Aceto Balsamico Tradizionale」（傳統的巴沙米可醋）。所以，巴沙米可醋的珍貴與高價絕非浪得虛名。在繁複的釀造過程裡，不斷地濃縮與蒸發，就算一百公升的葡萄原汁最後剩下十五公升，也不足為奇。難怪，有人稱之為「調味料的魚子醬」。

料理時，只要加入少量的巴沙米可醋，就可以彰顯蔬菜的香甜；炭烤海鮮、煎燒豬排時，撒上幾滴巴沙米可醋，都美味得讓人說不出話來。

至於，五十年甚或一百年熟成的巴沙米可醋，那種不透明的純正黑亮液體，只要能含個一小湯匙，那一小口，就是不少義大利廚師的美夢了！

# 賣氣球的男人

## 乳酪風茄汁燉牛肚
## Trippa in Umido

”哈囉？有沒有人在家？
我是那個流浪舊金山的Snow，
正站在充滿老嬉皮與搖滾樂的電報街上給你打電話。
小島，你應該來看看，喔不，應該用身體來感覺這座城市，
波浪起伏的街道上，沒有一座建築物會擋住陽光，
除了自由，這座城市沒有任何規則。“

到了舊金山以後，Snow在中國城旁找了一個二樓的房子，房東就在樓下經營水果攤。每天每天，紅橙黃綠的水果攤前走過離鄉背景的中國人；他們或是說著普通話，或是操著粵語，卻都離不開可人甜美的鄧麗君；他們或是早已落地生根，或是剛剛抵達異鄉，卻都執著地要把這一方土地踏成故鄉。

Snow每天早上到柏克萊大學語言中心上課，校園裡有許多松鼠，牠們喜歡在有陽光的地方，端著尾巴，站起雙腳，沿途向人膜拜，希望能討到一些食物。Snow習慣為牠們多準備一份早餐，然後一個人和一群松鼠一起進食。

上完了課，Snow就在灣區四處走走。夏天裡，舊金山仍有著早春的涼意，挾帶水氣的風從金門大橋那頭吹來，織成一片霧茫茫的風景；行走在波濤般的街道上，兩側是漫在霧氣裡的維多利亞式建築，Snow常常走著走著，以為自己走進夢裡。好天氣的時候，Snow喜歡搭上纜車，前往漁人碼頭，一邊吃著酸麵包裝盛的英格蘭蛤蜊濃湯，一邊聽著三十九號碼頭旁曬太陽的海獅嘶叫，再一邊看著街頭表演的藝人，忽而，一天就過去了。

黃昏的時候，Snow總會坐一趟電車到卡斯楚街去。臨晚的街道，霓虹剛剛亮起，那一面面的彩虹大旗就飄舞在夜風裡；Snow第一次看到這樣的景象，竟不自覺地流下淚來，因為滿街的同性戀人們自由地牽手，親暱地依偎，彷佛這世界從來沒有歧視。

所謂大同世界，是不是就這種光景？

在慣常去的café裡給我寫信，Snow說，他的日子孤單卻又擁有完全的自己。

---

我的生命裡，似乎不曾有過這樣的日子——沒有愛情，沒有朋友，沒有家庭，只有自己。

從前，我揹負了許許多多的包袱：作爲子女的，作爲男人的，作爲同性戀者的……如今，這些包袱因爲距離而被抽開，我才眞正看見自己。其實，我根本沒有想像中堅強，也不如預期中脆弱，生命的韌性遠遠超乎我們的認知。

---

Snow還是常常想起那個不能在一起的情人。只是，每想起他一回，牽掛就少了一點點；那曾經撕裂心肝的痛，被舊金山的陽光一吋一吋地撫平了。偶爾，Snow會問自己，若時光重來一遍，他還會不會再愛男人一回？

Snow也沒有答案。

秋天來臨前的一個週末，Snow帶了bagel和咖啡到金門公園野餐。在這片舊金山最大的綠地上，百年樹木繁茂而恣意地生長著，從海濱一路延伸到市區。這一天，陽光露出了久違的笑容，人們和狗在草地上一起奔跑嬉戲，打棒球的孩子們也高聲喧嘩著；Snow在一座小丘上靠著涼蔭坐了下來，眺望著雲的移動，聆聽著風的吹拂。

「喔！媽媽咪呀！」

突然，Snow聽到一陣驚呼，倏地，千百顆五顏六色的氣球從眼前飄過；藍天頓時被塗鴉成一片豔麗，像一張包裹禮物的彩紙。Snow看傻了，緊接著，眼前又晃過一個有些年紀的大肚男人。男人跑不快，卻奮力追著那些投奔自由的氣球，雙手也滿滿地握了一把。

「幫我拿一下！」

經過Snow身邊時，胖男人將滿把的氣球交到Snow手中，又氣喘吁吁地追氣球去了。

遠處的孩子們都看見氣球了。那些氣球飛過黃金獵犬的鼻尖，飛過棒球投手的手套，緩緩升向樹巔。孩子們樂極了，他們也一邊跑，一邊跳著去捉氣球；孩子們的父母看見了，也紛紛加入捉氣球的行列；就連奔跑的狗也跳呀跳的，把追氣球當成了遊戲。

Snow拿著滿手的氣球站在坡上，園子裡的人們和狗都在捉氣球，他們的臉上掛滿了笑容；Snow看著看著，不禁笑出聲來。那個胖男人聽見了，就在離Snow不遠處停下了追逐的腳步；他看了看Snow，再看看捉氣球的人們，也不禁笑了起來。

「今天的氣球免費！捉到了就是你們的！」男人的嗓音很渾厚，就像是該在群山間回音四起的那種聲響。

「那麼，」Snow走向前去，對他說：「這些氣球也是我的囉？」

「哈哈，好，你要就送你。」

這是Paul。Snow寫給我的信上說，這是他在舊金山認識的第一個朋友。

Paul來自義大利，在金門公園裡賣氣球，孩子們都很喜歡跟他買氣球，因為他會為孩子們在氣球上畫上圖案，然後用孩子的名字為氣球命名，因此，Paul的氣球攤成了金門公園裡一個熱鬧景觀。

後來，Snow每回去金門公園，就會到Paul的氣球攤坐坐。Snow喜歡看Paul對待汽球的模樣，彷彿那一朵朵彩球都是Paul的女兒，他替汽球畫上妝，給她們名字，然後看著她們遠嫁他方。Paul是株蒲公英，Snow總是這樣想像，而氣球就是他長了羽翅的種子，風一來，Paul呵呵地笑著，種子就飄向遠方了。

有一回，氣球攤前擠滿了買氣球的孩子，Paul忙不過來，就拿了一支畫筆給Snow。

「幫忙畫畫圖吧。」Paul說。

「可是，我最不會畫圖了。」

「那你隨便寫寫字也好。」

Snow左思右想，實在不知道該寫什麼，就在氣球上寫上中國字。那美麗的文字被寫在氣球上，竟如圖騰般閃閃發光，孩子們瞧見了，紛紛離開Paul的身邊，擠到Snow這裡來。Paul就在一旁看著Snow和孩子，深深的眼底閃著光澤。

只是，Snow一個字一個字地寫，等到告一個段落，他才發現，那些氣球上的文字是一封情書，一封以前男人寫給他的情書。一句句曾經有過的承諾就飄浮在異鄉的半空中，然後隨著孩子們的步伐漸行漸遠；Snow揮一揮手，想要道別，才發現自己是株過了季節的水蓮，陷溺在冰封的泥沼裡面。

都說要忘了那個人，怎麼又在無意識裡記住他給過的溫柔？

那天，Snow在金門公園裡留到月出東山；Paul也沒多問什麼，就坐在一旁，直到一朵朵的彩球沒在夜色裡。

「你明天會來嗎？」分手之前，Paul問道。

「嗯。」Snow點點頭。

「那你明天不要再帶bagel，我來準備午餐，好嗎？」Paul說。

原來，Paul注意到Snow每天啃著bagel當午餐。

第二天，Snow早上也沒上課就到金門公園找Paul，他們一起準備設攤，一起替氣球充氣，然後在中午時分，一起進餐。

Paul準備了一道茄汁燉牛肚，和一條法國麵包。他將法國麵包切成斜塊，讓麵包浸潤在茄汁中。

「其實，我在卡斯楚街的咖啡館裡看過你。」咬下茄汁麵包時，Paul不經意地說：「一個東方人在那裡喝咖啡寫信，很醒目。」

Snow有些愣住，旋即又笑了一笑。

「怎麼都沒告訴我？」

「剛見面時只覺得面熟，沒認出來，一直到昨天看見你憂傷的側臉，才想起來。」Paul說：「你笑起來比較好看。」

「謝謝。」Snow笑得更開心了。

樹林裡吹來一陣風，那風拂過Paul，吹到Snow身邊。Snow看著眼前的男人，突然感覺熟悉。他們都從遙遠的他方來，然後在這座童話森林裡相遇，這究竟是怎樣的緣分？

「如果你願意，可不可以讓我們更認識彼此？」Paul溫柔的聲音傳進Snow的耳朵。

金黃色秋天裡，Snow聽見一句愛情邀約。楓紅林間，愛情為Snow開了一扇門；門裡面，賣氣球的男人捧著一顆簽了名的心，盼著他走進門去。

Trippa in umido

**Paul準備了一道茄汁燉牛肚，和一條法國麵包，讓麵包浸潤在茄汁中。**
**Snow看著眼前的男人，突然感覺熟悉。**
**他們都從遙遠的他方來，然後在這座童話森林裡相遇，**
**這究竟是怎樣的緣分？**

# 乳酪風茄汁燉牛肚
## Trippa in Umido

（四人份）

材料

蜂巢牛肚 ＝ 1kg
去腥蔬菜（西洋芹菜1根、胡蘿蔔半條、洋蔥1個、月桂葉1片）
洋蔥 ＝ 1個 切細絲　胡蘿蔔 ＝ 半條 切細絲
西洋芹菜 ＝ 1條 切細絲　大蒜 ＝ 3個
橄欖油 ＝ 4大匙　白酒 ＝ 1杯
香料（迷迭香1/2小匙、鼠尾草1/2小匙、奧利岡1/2小匙）
罐裝番茄粒 ＝ 2杯
帕米賈諾．雷賈諾乳酪粉 (Parmigiano Reggiano) ＝ 50g
西洋芹菜 ＝ 2條 切段　洋芫荽(Parsley) ＝ 少許
鹽 ＝ 少許　胡椒 ＝ 少許

1 牛肚用熱水川燙後撈起，置於鍋內，
盛滿清水，加入去腥蔬菜，
以小火熬煮兩個小時，
直到竹籤插得進牛肚的程度。

2 撈起牛肚過清水，
切成條狀備用。

3 在深鍋裡加入橄欖油與大蒜末，以小火炒到金黃色。
依序加入切細絲的洋蔥、胡蘿蔔、西洋芹菜，
拌炒到淡褐色後，加入 (2) 與白酒略炒。

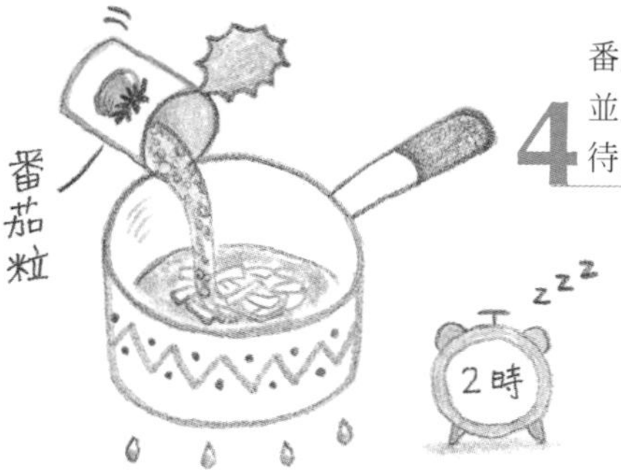


**4** 番茄粒與香料慢慢加入(3)，
並且以繞圓周的方式輕輕攪動，然後再開大火燉煮；
待煮滾後，蓋上鍋蓋，轉小火繼續燜煮兩個小時。

**5** 經過燜煮後，在即將起鍋的三十分鐘前，
丟入西洋芹菜段，使之入味。

**6** 起鍋時，依各人喜好酌量加鹽、
胡椒與乳酪粉，即可享用。

**主廚的叮嚀**

★洋蔥、胡蘿蔔等蔬菜，以小火拌炒至淡褐色時，蔬菜會釋出特有的甜味。

★在燉煮番茄粒時，如果太乾，可以適量加點高湯，但是不宜太稀，以呈糊狀爲準。

★芹菜具有去腥的功能，適合與牛肚一起燉煮，而且豐富的纖維質，還可以去油解膩，幫助消化。

★如果沒有帕米賈諾·雷賈諾乳酪，亦可以用帕梅善乳酪粉(Parmesan)替代。

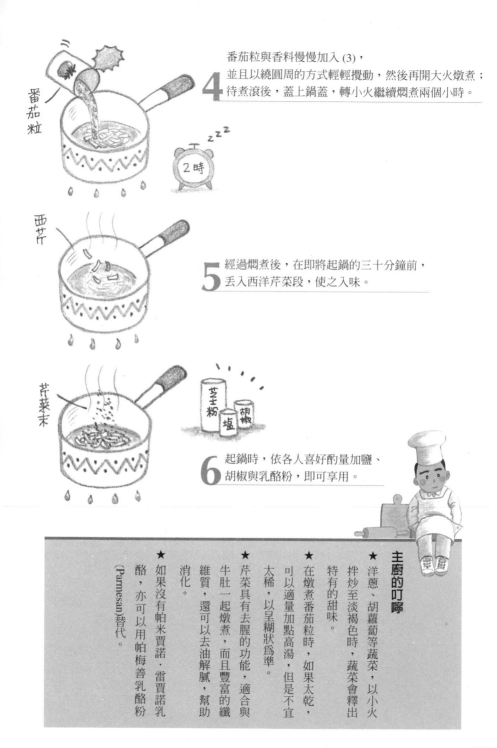

# 乳酪之王

義大利乳酪至少四、五百種之多，帕米賈諾．雷賈諾能夠脫穎而出，成為「乳酪之王」，可不是光靠那重達二十四公斤以上的太鼓體型哦！

義大利法律明文規定，「帕米賈諾．雷賈諾」乳酪必須符合下列條件：生產地位於米蘭與翡冷翠之間大平原裡的波隆那、曼德瓦、莫地那、帕瑪、吉拉艾米利亞；使用當地的牛奶，且不得添加任何化學物質與色素；每個乳酪實重達二十四公斤以上；經過兩年以上的熟成。品管夠專業吧！

帕米賈諾．雷賈諾乳酪必須經過兩年至三年的熟成，乳酪的美味、胺基酸的結晶，更能深入到乳酪的內部。然而，熟成的時間愈久不等於乳酪的品質愈好；反之，如果乳酪超過熟成期限，脂肪成分將分解而發臭。所以，不是每種乳酪都具有愈陳愈香的本錢。低脂的帕米賈諾．雷賈諾乳酪，含脂量只有百分之三十二，剛好就具備足以熟成兩年的能耐。

製作一個帕米賈諾．雷賈諾乳酪，必須用掉將近五百公升的生乳，相當於四十頭乳牛每天產乳量。當乳酪熟成後，呈淡黃色的肌理，帶有白色斑點，外表緊密堅硬，內部卻格外酥脆，口感宛如砂糖般，含在口裡，可以感覺到漸漸融化時所散發的柔和奶油香。

帕米賈諾．雷賈諾乳酪最常被刨成粉狀，拌在義大利麵、義大利燉飯裡；烘烤披薩前，撒完乳酪之後，再增添些許的帕米賈諾．雷賈諾乳酪，香味加倍；或者將帕米賈諾．雷賈諾乳酪切成小塊狀，搭配不甜的發泡酒、梨、蘋果或葡萄，都有意外的加分效果。有人笑說：「不會做菜的人，只要在菜裡撒入大量的帕米賈諾．雷賈諾乳酪，絕對美味。」這句話不算太誇張，同時，可說明帕米賈諾．雷賈諾乳酪與各種食物的相合性，值得注意的是，海鮮料理並不適合與之搭配。

# 爲你做早餐

## 蕈菇燉飯 Risotto di Funghi

"小島，我正站在沙漠裡一個不知名的小鎮上，
多麼希望可以跟認識的人說說話……
小島，Paul病了，我正在回舊金山的路上，
我想見他，又害怕見他，
我害怕他也會是那個將來離開我的人，
他有家，有孩子……"

Snow坐在夜行的灰狗巴士上，從紐約一路往舊金山奔馳。

那天，Paul約Snow到家裡吃飯的前一個晚上，Snow在網路上看到這樣的徵友文章——

Paul，45歲，身長六呎三，義大利人，在金門公園賣氣球。擁有兩個可愛的男孩，希望能遇到喜歡孩子的你／妳。

Snow看著電腦螢幕，久久無法移開目光。

這是Paul？有兩個孩子？他結過婚了？他愛男人也愛女人？一個個疑問從Snow的心底不斷浮現，等他意識到夜深露重，雙頰早已爬滿蜿蜒的淚痕。為何總是愛上同樣的雙性戀情人呢？他們愛男人，也愛女人；他們可以在愛中給予歡愉，卻不能在歲月裡給予承諾。Snow想打電話給Paul，問個明白，卻發現自己根本沒有Paul的電話；他只知道Paul經營氣球攤，只知道白天可以在金門公園看到Paul，其餘的，什麼也不知道。

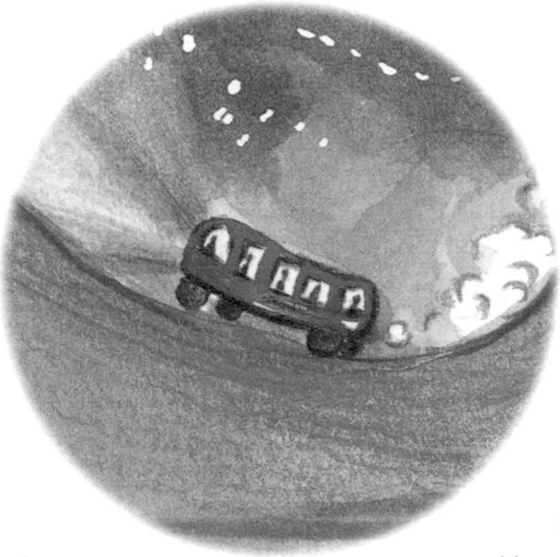

曾經，Snow以為，認識Paul是場美麗的序幕，往後還有精采的戲碼等待出場；現在才明白，這場相遇裡有太多自導自演、自以為是了。

Snow徹夜無眠，怎麼也無法理解自己的生命為何總在愛情中擱淺。

天亮以後，Snow沒有去赴Paul的約，他買了一張往紐約的機票，然後把舊金山的一切當作另一個愛情中的遺憾。Snow突然發現，自己的愛情就是一種流亡。從台灣，到舊金山；再從舊金山，到紐約；將來，還會流亡到哪一個未知的方向呢？

原來，自己是逐水草而居的游牧民族，豐美的愛情難久長，於是被迫遷徙過一個又一個的綠洲。

Snow不懂，他只是想，遇見一個人，一個和自己一樣只愛相同性別的人，然後一起停下腳步，坐看生命裡的風起雲湧。這樣小小的願望，為什麼這麼難達成？

Snow在紐約落腳了。

只是，愈是繁華的都市，愈讓失意的人感覺孤單。Snow走在忙碌而冷漠的紐約街頭，常常不自主地停下腳步，以為還有一個同行的朋友沒有跟上；夜裡入睡，Snow習慣將自己蜷成一個嬰孩，然後在消防車與警車的急促鈴聲裡，用淚水的溫燙暖著心底的荒涼。

一直到那一天，Snow又上了那個徵友網頁，看到這樣的文章——

春天還沒來，怎麼我的雪就融化不見了？

Snow，不管你在哪裡，請給我一個訊息。

病中的Paul

Snow注視著最後一行字。

Paul生病了？怎麼可能？他那麼強壯，那麼健康，這麼多小朋友需要他，他怎麼可能生病？

但是，如果是真的呢？如果Paul生病了，身邊又沒有人照顧呢？

Snow還是想再見Paul一面。在美國這段日子裡，Paul是他第一個朋友，也是最靠近他心底的人；但是，Snow又有著深深恐懼，他害怕若是見了面，當真相愛了，會不會從前的悲傷又再來一遍？

後來，Snow決定回舊金山看Paul，但他不坐飛機，而是選擇搭乘三天三夜的灰狗巴士；唯有這樣，才能給自己一段時間沉澱心中紛紛亂亂的思緒。Snow說服自己，如果在這三天裡改變了決定，他隨時可以逃回自己的世界。

灰狗巴士在白晝與夜色裡行駛，橫越廣袤土地的東與西。每過一段時間，巴士會進入一個城鎮，讓乘客下車休息，然後更換不同的巴士與司機，增加或減少一些乘客，再往另一個遠方奔馳。

Snow在漫長的旅程裡睡睡醒醒，看著一幕幕遠方的風景變成一抹抹眼前的光影，而身邊的乘客也如影片般遞換著，不同的人說著不同的話語。每一回下車休息，Snow總是掙扎著要不要留在原地，然後在最後一秒鐘重新說服自己，回到車上，靠近舊金山。

第二天深夜，一個慈祥的黑女人走上車來，落坐在Snow旁邊；女人有點胖，走起路來氣喘喘的。長長車途裡，女人都沒有說話，默默注視Snow流了淚的眼眶。

清晨時分，巴士抵達一個沙漠小鎮稍作休息，黑女人這才走近Snow身邊。

「孩子，」女人把手搭在Snow的肩頭。「什麼事讓你不開心嗎？」

Snow看著女人，突然感覺所有的委屈一湧而上；他還沒說話，就已經哽咽了。女人擁著Snow，輕輕地拍拍他的背。

「我不知道你遭遇了什麼事，但我要告訴你，沒有什麼

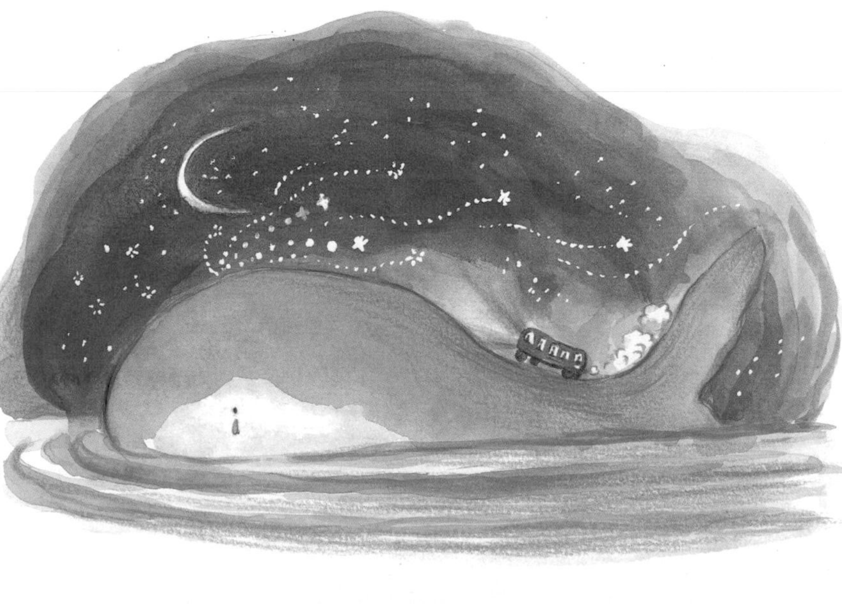

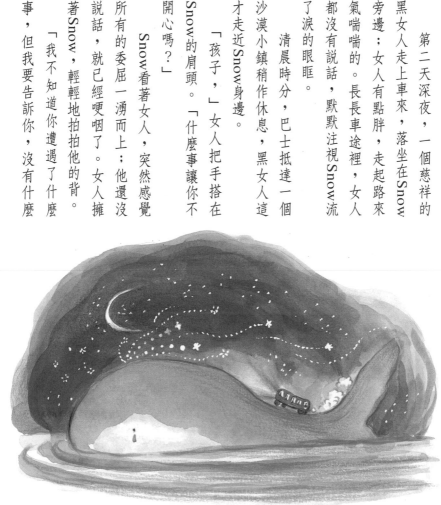

事是過不去的。懂不懂？」

Snow點了點頭，淚水不爭氣地落下了。

女人將自己手上一只骨磁藍的戒指取了下來，為Snow戴上。

「丈夫過世時，我一個人去了尼泊爾；但我不管走了多遠，還是不開心。旅途中，我遇到一個人，他把這只戒指送給了我，告訴我：當我們的人生陷入困境時，就是另一個柳暗花明的開始，上帝絕對不會將所有門窗關上的。

孩子，懂嗎？我們的生命都是未完待續的經典電影，沒有看到最後的最後，誰也不知道結局；但我們都是身在其中的演員，跟著悲，跟著喜，總比不帶感情的演出來得酣暢。孩子，懂嗎？那些生命的奧斯卡獎只會頒給哭過笑過的主角，太平順的演出，是得不了獎的。」

Snow看著那只戒指，看到了生命的答案。

小島，我回到舊金山，回到Paul身邊了。

那天，我在清晨裡抵達，一路奔向金門公園。Paul的氣球攤沒有營業，只有一個大大的氣球掛在攤子前面，上面寫著：「Snow，我在家裡等你。」

我依著地址找到了Paul，他的手在充氣時被氫氣筒壓傷，好多天沒去賣氣球了。我看著他，沒有說話，只知道掉眼淚。

「傻孩子，回來就好。」他說。

那天晚上，我們聊了很多。是的，他結婚了，但也離婚了，他帶著兩個孩子生活；那篇徵友文章，就是他在離婚的情緒低潮裡，朋友幫他貼上的。是的，他是個雙性戀者，但那不代表他會同時愛上男人與女人；除了性別之外，他更在意靈魂的契合。

小島，我覺得從前的自己好傻好傻，傻到差點讓手上的幸福隨風飄散。

現在，我搬到Paul家，和他一起生活了；孩子們也都對我很好，他們喊我「叔叔」，和我一起看成龍的電影。

今天早上，我們接近中午才起床，然後我在Paul的指導下，做了一道蕈菇燉飯當早午餐，雖然我忙得手腳零亂，但做出來的成品，Paul說，有專業水準喔。陽光燦燦，Paul、我和兩個孩子圍坐在庭院裡野餐；深秋陽光暖烘烘的，我抬起頭，看見眼前三個男人神似的笑靨，就這樣望傻了。

這不就是我最大的渴望嗎？和一個人，組成一個家，我們的話不要多，彼此懂得就好。現在，我確實擁抱了這個夢，而且，還多了兩

個孩子，多麼奢侈啊?!

小島，他們都是我的家人了，這樣一想，讓我更接近幸福。猛然間，我想起來，今天是我的生日。我三十歲了。

我沒有告訴他們，只是在心底默默竊喜；三十歲的第一天，我不再需要別人爲我做早餐了，因爲我已經學會爲自己做早餐，也學會爲身邊的人做早餐。

小島，我長大了，眞的。

你不相信?那好，等我回了台灣，一定爲你做一份早餐。

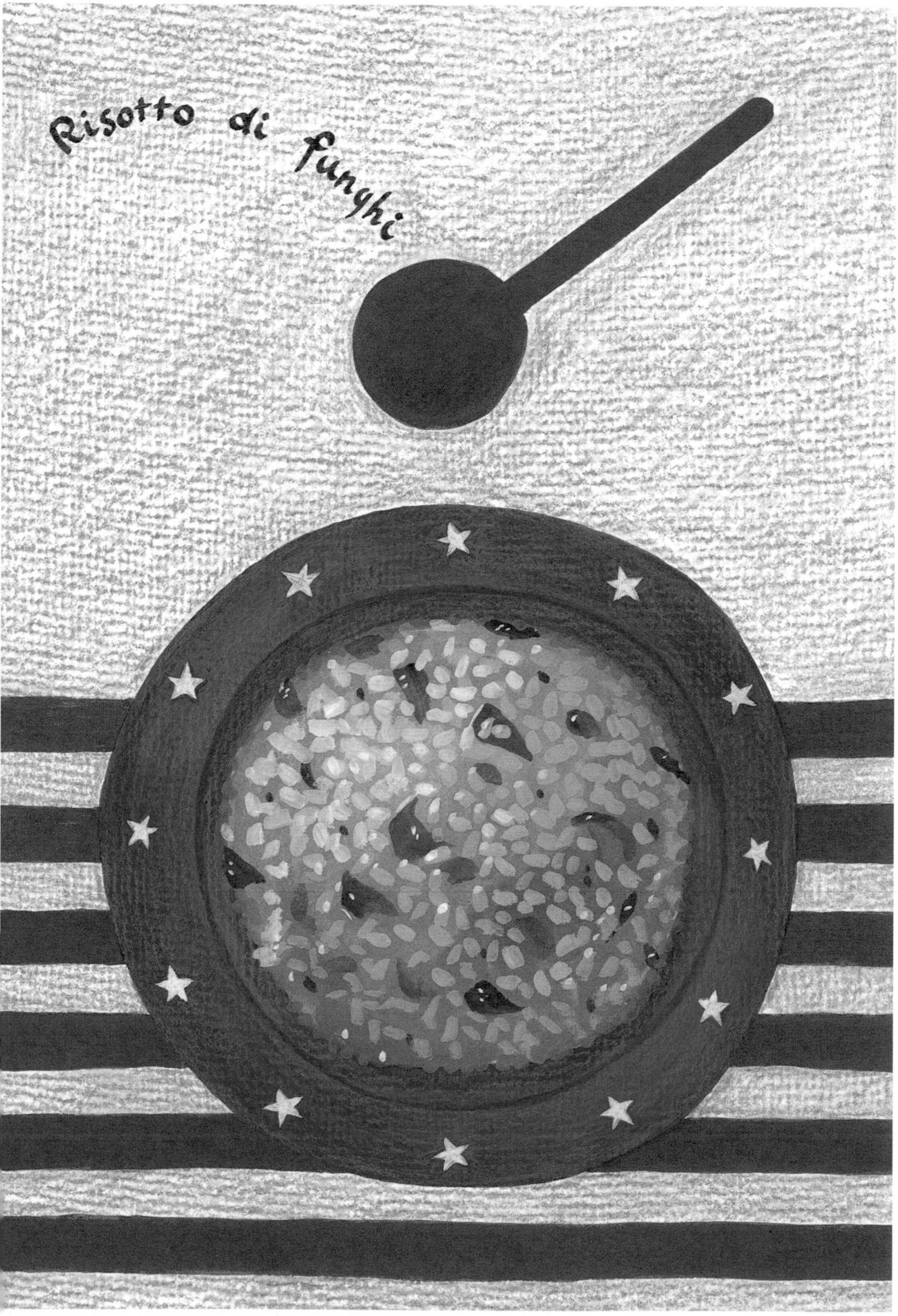
Risotto di funghi

**我在Paul的指導下，做了一道蕈菇燉飯當早午餐。**
**陽光燦燦，Paul、我和兩個孩子圍坐在庭院裡野餐；**
**深秋陽光暖烘烘的，我抬起頭，**
**看見眼前三個男人神似的笑靨，就這樣望傻了。**

# 蕈菇燉飯
# Risotto di Funghi

1 用橄欖油在炒鍋裡爆香蒜片後，
加入各種菇類拌炒到軟化；
依各人喜好調入鹽、胡椒與白酒略炒，
起鍋備用。

**材料**

（四人份）

綜合菇類 ＝ 180g 切成1cm丁狀
蒜頭 ＝ 1顆 拍裂
白酒 ＝ 50g
橄欖油 ＝ 50g
米 ＝ 1杯
洋蔥 ＝ 30g 切細丁
奶油 ＝ 20g
白酒 ＝ 50g
雞湯 ＝ 800g
帕米賈諾．雷賈諾乳酪 ＝ 20g 刨成粉狀
洋芫荽 ＝ 少許 切細末
奶油 ＝ 20g
鹽 ＝ 少許
胡椒 ＝ 少許

2 開中火，融化奶油，
將洋蔥炒到呈透明狀。

3 直接把完全沒有水分的米粒加入 (2) 拌炒；
米炒熱後，加入白酒，繼續炒到酒精蒸發。

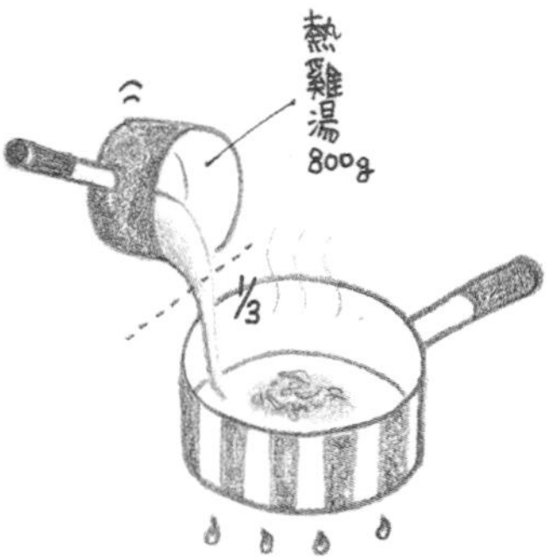


**4** 將熱雞湯分爲三等份，
先在 (3) 加入1/3，偶爾以木杓子稍加攪拌，
約十分鐘後，再加入 (1) 混合燉炒。
當湯汁被米粒吸收後，再加1/3的雞湯，以此類推。

**5** 雞湯倒完後，
撒下洋芫荽末，離火。
（從雞湯加入到煮好，
大約需16分鐘。）

**6** 離火後，加奶油、鹽、胡椒與
乳酪粉調味，即可。

## 主廚的叮嚀

★菇類是燉飯的最佳拍檔，任何新鮮菇類都可搭配料理，例如：香菇、蘑菇、洋菇、草菇、鮑魚菇……等。

★若買不到帕米賈諾．雷賈諾乳酪，可用葛拉那．帕達諾(Grana Padano)乳酪或綠瓶罐的帕梅善(Parmesan)乳酪替代。當然，不同的乳酪，風味會有所差異。

★洗過的米，會吸收多餘的水分，如果再經拌炒的話，容易糊糊黏黏，喪失原味，所以建議米粒不要過水。炒米的作用，在於使米表面的澱粉焦質化，能保護米在調理過程的完整。所以，米炒得不夠透，就像普通的煮飯過程，無法表現米的嚼勁；炒得過頭，將無法使其他材料與高湯的甜味浸透到米裡。雞湯的溫度不夠高熱的話，米遇冷湯會收縮，不但無法保持米粒的完整，也無法煮出米的嚼勁。總之，義大利燉飯就是必須以輕鬆的心情，慢慢地煮出美好的風味。

★起鍋前加奶油、乳酪的動作，就叫「Mantecatura」。這時，米粒將呈現濕濕潤潤，粒粒分明。不過，如果是海鮮燉飯，就不宜加任何乳酪。

★燉飯時，必須在最後的步驟才加鹽調味，否則，米粒會釋放過多的澱粉，使得整鍋燉飯變得過於糊稠。

# 義大利米食

我們在西餐裡常見的米食，首推：法式炒飯（Pilaf）與西班牙海鮮飯（Paella）。後來，隨著全球刮起的義大利風潮，義大利燉飯（Risotto）的人氣指數漸漸上揚。和中國米食不同的是：西方的米食料理都會加入鮮奶、奶油、高湯來調味，並且使用辛香料來增加香氣與色澤。

義大利是歐洲最大的稻米生產國，有趣的是，義大利的稻米有六成輸往國外，所以，義大利人所消耗的米量竟不及葡萄牙人或西班牙人的三成。其實，在古希臘及羅馬時代，義大利只把米作為香料或藥材；直至中世紀後期，義大利中、南部方有栽種的紀錄，隨著氣候的改變，產米區漸漸往北移；十五世紀左右，黑死病與戰爭在波河流域引起飢荒，因為稻米比其他穀類容易栽種，所以被廣為栽植；到十九世紀時，波河流域已形成「Risotto文化圈」，其中又以米蘭最具代表，於是，加入番紅花的米蘭風燉飯（Risotto alla Milanese）聲名大噪。

世界上的米有數十萬種，義大利就有五十種左右，大致可分為：一般米（Comune）用來入湯或製作甜點；次級靚米（Semifino）可用來燉煮或油炸；靚米（Fino）用來做沙拉、炒飯、鮮奶油烤飯；而超級靚米（Superfino）則是燉飯最理想的類型，特別是其中的Arborio種，更是最佳品種。

義大利燉飯，不像中國人以蒸煮的方式烹調，而是用奶油爆香洋蔥後，再加入米拌炒，然後，分數次添加高湯，等米粒吸飽湯汁後，可以膨脹到原來的三倍大。值得注意的是，燉飯在起鍋前，加點奶油與帕米賈諾·雷賈諾乳酪，這時的米粒會晶瑩剔透、不粘不糊，吃起來的口感，可借用義大利麵的用語來形容：彈牙（al dente）。

HITΔCHI
Ching

# 香港迷走

*Hong Kong*

當夜航班機抵達香港上空時，
我實在無法相信自己的眼睛。
璀璨如寶玉的通明燈火，
鑲在岸的兩畔；
那高低漸次的繁華煙霧，
彷彿一場好夢。

# 迷你裙的夏天

## 蝦仁燒賣

"小島，你最近是不是很忙啊？
怎麼這麼久沒來看我？
有空到我家來坐坐吧，
不然，等我搬去香港，你就看不到我了。"

下班以後，我到芙蓉家找她。

芙蓉住在淡水河畔的高樓住宅裡，有一整面向著紅樹林的落地窗。她喜歡夜裡不點燈，把窗外的月光、流水、景致攬進屋裡來；點上香精油，插好我為她帶來的瑪格麗特，水晶燈的墜子微微響動著。這就是芙蓉的城堡。她常愛說，自己是被關在高塔上的公主，只好留著長髮編辮子，等待英勇的王子爬上塔來解救。

「什麼時候搬去香港？」我問。

香港電台成立了一個普通話台，特別到台灣挖角；他們看中了芙蓉，認為她溫柔而感性的主持風格是香港電台DJ所沒有的。芙蓉考慮一段時間，就答應了這個邀請，決定結束台灣的一切，到香港做節目。

「下個禮拜吧，」芙蓉說：「還有些衣服和唱片沒有整理好。」

「需不需要我來幫忙？」

「不用了，小島，你只要負責請假到香港來找我就好了。」

她替我沖泡一壺薄荷茶，她自己則煮了一杯曼特寧。

「我發現搬家還滿有趣的，很多遺忘了的東西自己會跑出來。以前的日記、從前朋友的來信，突然都出現了，我常常一邊整理，一邊掉進這些回憶裡，東西也就愈收愈慢。」芙蓉羞赧地笑了一笑，拿出一張泛黃的紙。「你看，這是武教官寫給我的字條。」

那年夏天，我們剛進校園，穿制服的校規還沒有解禁，芙蓉卻已經訂做了一件迷你裙穿。那時候，瞳瞳還沒有來台灣當交換學生，芙蓉、阿楓、Snow和我已經走得很近了：我們一起吃飯，一起玩，成為班上的一個小團體，而這個小團體最常做的事，竟然就是躲教官。

我們有一個教官姓武，人長得十分挺拔威嚴，所有學生都敬畏他三分，除了芙蓉。芙蓉的迷你裙讓她成為武教官的目光焦點，和她在一起的我們也就想盡辦法替她避開武教官。

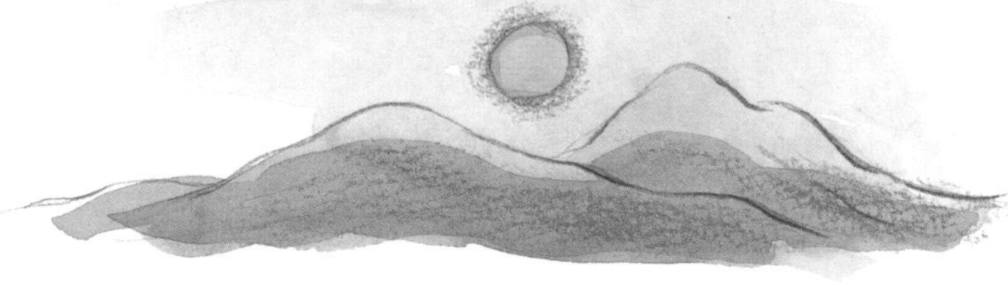

上下學及午餐的時候，我們就與武教官展開一場追逐；武教官站在前門口，我們就走後校門；武教官守住後門，我們就迅速從前門進出。若不幸在校園裡被他遇個正著，就很難躲開了。Snow的眼力最好，由他負責偵測，一發現武教官，就要芙蓉躲到我身後，然後他和阿楓站在我左右，形成一道人牆，武教官就看不到芙蓉了。不然，就是我和阿楓裝作爭執，Snow假意勸解，讓武教官先注意到我們，等芙蓉趁機溜開了，我們才停住爭執，一溜煙跑走。

不過，我們再怎麼努力，遇上男女分班的軍訓課，誰也沒轍。常常是，下了課以後，我們從女生班軍訓教室前走過，看見芙蓉被教官留下來做基本訓練。

「向後轉！」武教官喊著。

「一，二，三。」芙蓉穿著她的迷你裙，一邊數口令，一邊做動作。空蕩蕩的教室裡，日光燈熄了一半，昏黃的夕照映在黑板上，倒著他們兩個人的影子。

奇怪的是，武教官從不記芙蓉的過，他只是罰她留下來做基本訓練，如此而已。於是，芙蓉依然穿著她的迷你裙，依然和我們一起躲著武教官，只是她有些和我們疏遠了。

有一天，芙蓉約我們見面，剛好Snow要打工，阿楓得留在家裡幫忙照顧布莊，就只有我和芙蓉去淡水河畔看煙火。

我們避開人群，找了河畔一片空曠的草皮，並肩躺著。涼涼的晚風疏過，煙火表演就要開始了。

「碰！」空中綻開了第一朵火樹銀花，那燦爛身影就像一句回聲，倒映在我們前方的水面上。

「小島，」芙蓉的聲音從煙火聲中傳了出來，輕柔地有些不似平常。「我談戀愛了。」

「什麼？」我坐了起來，以為她又在開玩笑。

「不會吧？我們怎麼一點都不知道？」

「呵。」芙蓉也隨我坐了起來，甜甜地笑了。

「剛開始的時候，連我都不知道真的還是假的，怎麼告訴你們嘛。」

「對方是誰？我認識嗎？」

芙蓉點了點頭。

「我們班的？」

她搖了搖頭。

「隔壁班的？」

她又搖了搖頭。

「我認識的……到底是哪一個？」

芙蓉深吸了一口氣說：

「武教官。」

漫天煙火閃爍在芙蓉的眼中，那是我看過芙

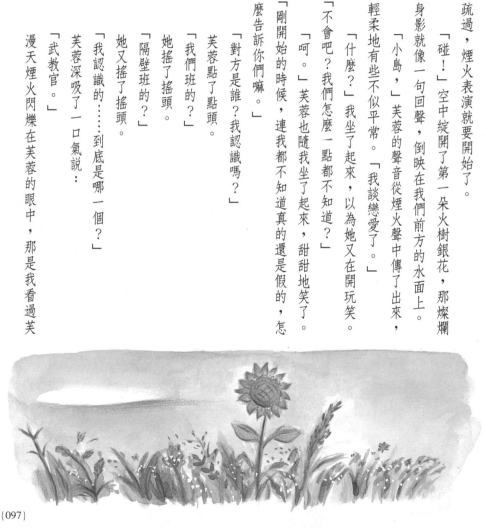

蓉最美麗的樣子。

原來，芙蓉一直是喜歡武教官的，她穿了那條迷你裙，也是為了吸引武教官的目光。武教官慢慢地靠近，終於在人群散去的校園裡，牽起芙蓉的手，緩緩步向後校門的小山坡。

「他知道我喜歡吃港式點心，就常常帶我到茶樓裡飲茶。」芙蓉的心情好極了。「有一回，我們還在他家看書學做燒賣呢。結果呀，包出來的東西不像燒賣，倒成了包子，你說好不好玩？」

我尷尬地笑了一笑，說：

「芙蓉，這樣好嗎？他是教官……」

「有什麼不好？他還沒結婚，我也還沒嫁人……」芙蓉說：「他就像一個父親，把我捧在手心，我喜歡那種呵護……我需要那種呵護……」

「碰！」「碰！」「碰！」

天空亮起來了，壓軸的煙火像一道水紋在天際流動，那光映著芙蓉的臉，像小女孩般的天真無邪。那時候的我不知道什麼是愛情，卻被芙蓉的勇氣所感動；年輕的我們嚮往轟轟烈烈的愛情，這應當就是了吧？

「找出這張字條以後，那些年少輕狂，就突然湧上心頭。」芙蓉說。

後來，有耳語傳到校長那兒，校長二話不說，就在學期交換的時候，把武教官調走了。武教官只留下一張紙條，託阿楓轉到芙蓉手中。

「妳是個好女孩，一定會遇到更好的男生。」

「我從來不覺得，愛上教官是個錯，但我對於他就這樣走了，怎麼也無法接受。」

那年，我們陪著芙蓉，哭過一季的春雨綿綿，直到她說服自己，也說服我們，武教官是個不該愛的男人，她才又恢復了笑容。

「找到紙條的後幾天，我遇見武教官了。」芙蓉說：「那天我到兒童樂園錄小朋友嬉戲的聲音，想在節目裡播給聽眾聽。就這麼巧，在人群當中，我看見了武教官。他駕著碰碰車，讓一個小男孩坐在他的懷抱裡，孩子快樂地尖叫著，他也笑開了；武教官老了一點，不再那麼威嚴了。

我站在那裡，看著從前愛過的男人的臉，突然也被幸福包圍了。那時候，我們走在小山坡上，他就是那樣將我懷抱著。

我想起來，我們沒有說過再見，就等在碰碰車的出口，等他帶著孩子，玩完遊戲走過我面前。我蹲下來，遞給孩子一包爆米花，跟他說，他是天底下最幸福的孩子，因為，他有一個好爸爸。然後我抬起頭，看著武教官，對他眨了眨眼，說，再見。

就這樣，時光彷彿回到那年穿迷你裙的夏天，我還年輕，武教官也還沒老，我們坐在山坡上，看著夕陽落在山的那一頭。」

芙蓉沉思了一會兒，說：

「我們愛過的人，都沒有愛錯，只是相遇的時間太早，或太晚了。」

蝦仁燒賣

他知道我喜歡吃港式點心，就常常帶我到茶樓裡飲茶。
有一回，我們還在他家看書學做燒賣呢。
結果呀，包出來的東西不像燒賣，倒成了包子，
你說好不好玩？

# {蝦仁燒賣}

## 《餡料》

（約二十個）

**材料**

| | | |
|---|---|---|
| 豬肉 ＝ 150g | 豬脂 ＝ 10g | |
| 蝦仁 ＝ 150g | 白菜 ＝ 350g | |
| 太白粉 ＝ 1/2大匙 | 鹽 ＝ 1小匙 | 胡椒 ＝ 少許 |

調味料（薑酒1大匙、醬油1大匙、砂糖1大匙、麻油2大匙）

1 白菜切丁，以鹽水川燙，濾除多餘水分，備用。
豬肉、豬脂切丁，備用。

2 蝦仁裹上太白粉後，用手搓揉，再用水沖洗乾淨，
拭淨蝦仁多餘水分，剁成粗粒狀，備用。

3 在大盆內混合 (1) 與 (2)，並加鹽、胡椒調味；
以手掌抓擠的方式，讓餡由指縫間擠出，
直到產生黏性。

4 將調味料加入 (3)，混均勻後，
再加入白菜，太白粉拌均勻。
包好保鮮膜，放置冷藏室約十五分鐘，即可。

## 《 燒賣 》

（約二十個）

**材料**

全蝦 ＝ 20尾
燒賣皮 ＝ 20張
調味料（鹽少許、太白粉少許、蛋白1/2個、沙拉油1大匙、薑酒少許）

**1** 全蝦與調味料拌均，備用。

**2** 燒賣皮平鋪在掌心裡，以西餐刀取約30g餡，塗抹在皮中央。
輕握起掌心，讓燒賣皮向內收攏，
以中指及無名指圈住燒賣，再用西餐刀將餡壓實。
繼續以拳頭狀握住，用西餐刀整平開口、壓平底部。

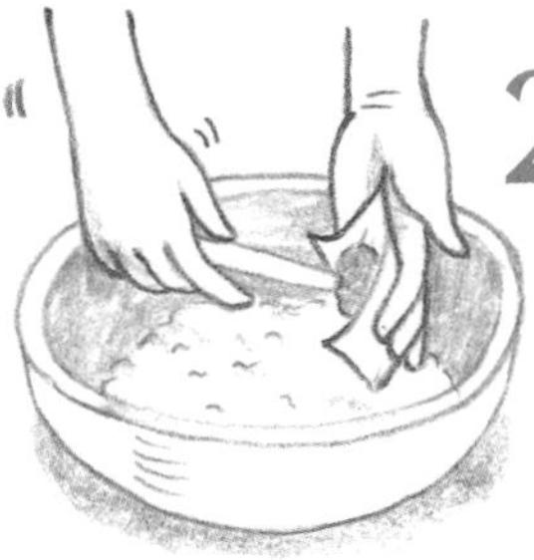

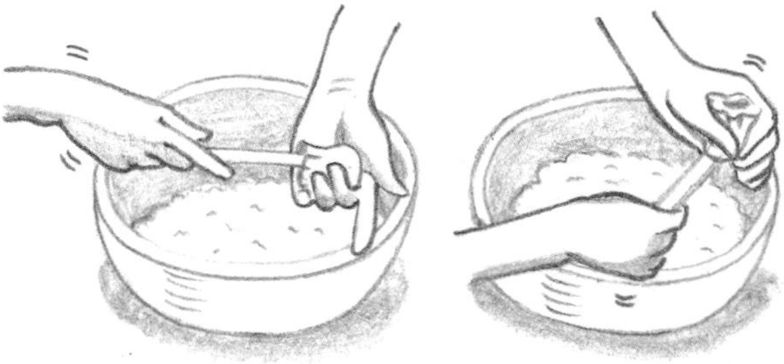

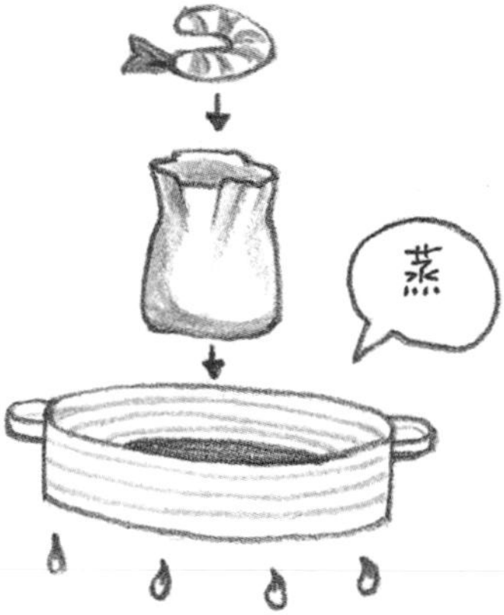


**3** 將全蝦放在燒賣的開口處。

**4** 用大火蒸十分鐘。

### 主廚的叮嚀

★利用果汁機搾擠生薑成汁，按生薑汁與米酒一比二的比例調配，即成風味絕佳，而且不含防腐劑的純天然健康薑酒。

★燒賣皮在包餡料之前，如果先稍微切除四邊的稜角，使其形狀較圓融，包起來時，形狀會比較好看。

★蝦仁裹上太白粉，用手搓揉，再用水沖洗乾淨，是爲了將蝦仁上的黏液洗去。

# 燒賣

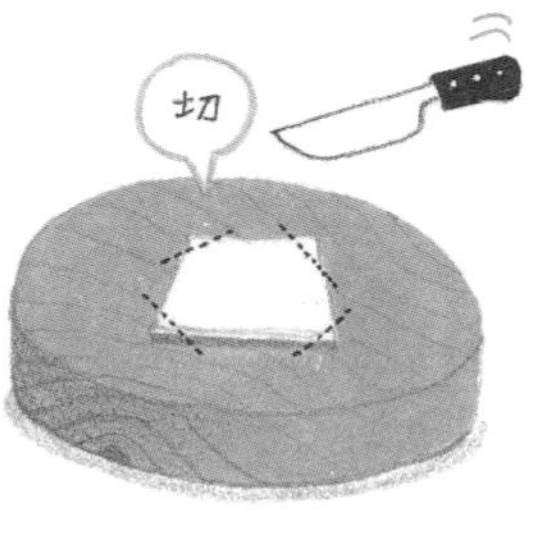


燒賣，這個名稱最早出現時，因為各地方的語言不同，命名大異其趣，例如：用「紗帽」形容其皮薄，外形類似當時官員的紗帽；因為收口有如梅花蕊，取名為「稍梅」；因為外形相似，而稱之為「石榴」；陝西地區則名為「稍美」；揚州卻稱之為「鬼蓬頭」——因為外形與鬼的亂髮類似；現在，北方通稱「燒麥」，而南方廣東附近則稱「燒賣」。

關於燒賣，古代的文字有幾段記載。

宋元流行的話本《快嘴李翠蓮記》裡，寫道：「燒賣扁食有何難？三湯兩割我也會。」顯然，作者李翠蓮對自己的作菜功夫很有信心，視燒賣、扁食為雕蟲小技。

元代高麗的漢語教科書《朴通事》則提及：到大都（北京）的午門外，有家店賣有「稍麥」；其中，對於稍麥的作法還有所著墨，說是以麵粉作成薄皮，中包肉餡，蒸熟後與湯共食；因為皮薄，在包肉餡時需「稍」微拿捏，直到包到頂端時，收尾成一朵花蕊，所以，方言稱之為：稍麥，也稱「稍賣」。

根據前兩段描述來看，燒賣打從宋元時代出現至今，在外形上，並沒有多大的變化。

雖然宋元時代就有燒賣的芳蹤，卻在清朝時開始流行。當時，南北各地出現各種燒賣名品，例如：北京都一處的三鮮燒賣與小有余芳的蟹肉燒賣、山東的臨清稍麥、四川的金鉤燒賣、貴州的夜郎燒賣、揚州文杏園的燒賣，都是名聞遐邇的招牌料理。清朝末年，廣州榮珍茶樓的乾蒸燒賣，更刮起廣州茶樓的燒賣旋風。

其實，北方燒賣皮較厚，如花瓶般的收口後，向外展開，形似石榴，頂部如花朵般的綻放；廣東燒賣皮薄呈透明狀，外形如圓筒狀，略比北方燒賣嬌小，其大小可用「嘟嘟好」來形容，非常符合現代人「吃巧不吃飽」的生活情趣。

# 沒有爸爸的童年

艇仔粥

”小島，我在香港的家也是一棟高樓上，而且還在海邊喔。洗澡的時候，美麗的維多利亞港就是我的簾幕，好美喔。你一定要記得跟我打過的勾勾，來香港看我喔。“

「各位聽眾朋友，你們好，我是芙蓉，今天，在我們的節目裡，要和你聊一聊童年。你有一個怎麼樣的童年呢？歡迎你打電話進來，和我們聊一聊，你的童年。

先來聽聽張艾嘉的『童年』，讓我們走過時光隧道，回到童年……」

芙蓉有一個不快樂的童年。

當芙蓉還是個孩子的時候，爸爸就莫名其妙地離開家了；從此沒有音訊，沒有聯絡，像是憑空從這個世界上消失一樣。芙蓉記得，爸爸離開的那段日子裡，媽媽每天以淚洗面；家裡來來去去許多債主，他們都只有一張嘴臉，就是要錢。

「王太太，妳老實說，妳先生去哪裡？」

「我不知道，我真的不知道……」

「妳是他老婆，怎麼可能不知道？說！他跑去哪裡躲起來？」

「我不知道，我真的不知道……」

「叔叔，你們不要再逼我媽媽，」小小芙蓉從房間衝出來，擋在媽媽前面，囁嚅地說：「我媽媽真的不知道……」

「不知道？怎麼可能？小妹妹，妳可不要說謊！」

「我沒有，我真的不知道他去哪裡了……」芙蓉放聲大哭。「他不要我們了，他不要我們了……」

房子被法院查封，銀行裡再也沒有存款，媽媽開始到百貨公司站櫃賣衣服，賺錢養這個只剩兩母女的家。在龐大壓力下，媽媽的頭髮不停地掉，芙蓉常常在打掃的時候，掃出一團又一團落髮；小小芙蓉害怕極了，她多麼害怕爸爸不見了，媽媽又離開她。就是這個夢魘，逼迫著芙蓉長大；在她的小小心靈裡，爸爸是個十惡不赦的壞人，他拋棄了芙蓉和媽媽，讓他們揹負沉重的生活負擔。

「第一位打電話進來的是Andy。你想和我們分享怎麼樣的童年？」

「我小時候很期盼長大，長大以後，卻又很懷念小時候的一切，希望自己從來沒有長大過……」

七年後，奶奶辭世，葬禮中突然出現了一個男人。男人戴著墨鏡，站在送葬隊伍裡，臂膀上還戴著重孝；儘管多年不見，芙蓉還是知道，那是爸爸，那個生而不養的父親。她拉著媽媽，離開了奶奶的葬禮。她們母女好不容易有了新生活，芙蓉不要這個男人再介入她們的家庭。

但是，葬禮後幾天，爸爸在叔叔和朋友的帶領下，踏進芙蓉家。那是個窒悶難耐的秋日午后，芙蓉放學回家，注意到家門口多了幾雙男人的皮鞋。早熟的芙蓉猜到，是爸爸來了，她站在門外，看著那些男人們的鞋子。

因為爸爸的緣故，她討厭所有男生，她認為男生都是粗野的，都是不負責任的；但是當她看著那些皮鞋，卻又升起一股奇異的玩心。她挑了一雙最像爸爸的鞋子，偷偷地將自己的腳套進鞋子裡。鞋子悶悶的，熱熱的，有一種腥臭味低迴不去；芙蓉小小的腳套在爸爸大大的鞋子裡，這麼多年了，她終於感受到一點點爸爸的溫暖。

但是，芙蓉並沒有走進家門，她揹著書包，到附近小公園去流浪。秋老虎肆虐下，芙蓉心中也湧起一把怨火。她想起這些年來她和媽媽相依為命的日子。親戚遠離她們，深怕被借錢；鄰居逼著她們搬家，深怕那些債主鬧事；這些苦難，這些折磨，都是因為爸爸當年的不告而別。她恨爸爸，她恨他當年丟下她們母女，沒說什麼就離去；她恨他沒有盡到作爸爸的責任，現在又回頭來找她們母女。

芙蓉多麼渴求一個爸爸，但是，她不要這個離開她們的男人。

回家以後，媽媽提到爸爸回來了。她說爸爸當年是因為生意失敗，不想拖累她們母女，才悄悄離開的；這些年爸爸在香港經商，賺了錢，還清債務，才敢再跟她們聯絡。媽媽說，爸爸雖然在香港有了別的家庭，但怎麼說也是芙蓉的親生父親……

「不是！他不是我爸爸！我沒有爸爸！」芙蓉生氣說道：「如果不是奶奶死了，他一輩子也不會理我們的！不是嗎？」

這是第一次，芙蓉跟媽媽頂嘴。

她不知道媽媽怎麼了，過去受過的苦，吃過的虧，都忘了嗎？那些媽媽流過的淚，落過的髮，都沒發生過嗎？芙蓉不懂，也不明白，為什麼媽媽平和地接受了一切，難道媽媽沒有委屈，沒有怨尤？

那天夜裡，芙蓉來了初潮，她抱著肚子疼痛了一個晚上。豆大汗滴冷冷地覆蓋著芙蓉全身，她痛得低低呻吟著；媽媽抱著她，安撫著她，芙蓉卻仍然感覺自己一片一片地剝落了。

童年結束了，芙蓉沒有讓爸爸重回她的生命裡，相反的，她連媽媽這個盟友都失去了。

「現在線上有一位阿May，我們來聽聽阿May的童年……阿May妳好。妳的童年是什麼樣的呢？」

「我的童年很坎坷，每次暗戀上的男生都不愛我……」

「結果呢？」

「結果我就很沒有信心，覺得自己長大以後一定是個大醜女，沒有人愛我……」

後來，芙蓉的爸爸偶爾從香港回到台北，到芙蓉家坐坐。只是，芙蓉總離爸爸遠遠的，不說話，不打招呼，當他是一種無形的存在。爸爸送她的禮物，她就堆在客廳，拆也不拆，看也不看；朋友來家裡，她就要朋友自己挑，自己拿。

媽媽對於芙蓉的恨意，也沒法子；她告訴芙蓉，爸爸從小就疼她，現在看到她這樣，會很傷心的。

「那我需要他的時候，他在哪裡？」芙蓉質問著。

只是，在芙蓉的愛情世界裡，每每愛上待她如女兒的情人。

那一年，愛上武教官，是因為武教官有著父親一樣的威嚴。他說話的嗓音低沉，有著成熟男人的氣味；他的粗糙大手很溫暖，讓芙蓉感覺安全。

進了電台當執行製作以後，芙蓉又愛上電台總監。那個總監離過婚，眼神裡有著無盡的滄桑，芙蓉就是愛上那樣的滄桑，甘願陪他在電台裡忙碌到半夜三更。

幾年以後，芙蓉又愛上一個受訪的聲樂家，他雪白的髮絲像一片海洋，濤濤地盪著智慧的浪。為了他的擁抱，芙蓉守在自己的小窩裡，作一個安安靜靜的第三者。

芙蓉總是看似沒有包袱，其實很有負擔地愛著。她愛那些感覺起來像父親，願意呵護她的人；愛那些眸子

裡隱埋了傷口，卻又不輕易說出口的人。芙蓉在愛情裡漂流，她一邊懷疑自己有沒有定下來的勇氣，一邊又愈挫愈勇地愛與被愛著。

「接下來，我們聽聽Sam的童年……Sam晚安，你的童年過得如何？」

「我的童年過得非常快樂。每年寒暑假，爸媽就會帶我和哥哥去溫哥華，夏天游泳，冬天滑雪，快樂極了……」

「那你小時候的願望是什麼？」

「小時候的願望啊……」

芙蓉恨爸爸，卻又常覺得，自己是為了爸爸而活。

芙蓉從小功課就很優異，開始工作以後，更是努力表現，在廣播界闖出一片天。她小時候的願望，就是出人頭地；她知道，唯有出人頭地，才能讓爸爸注意到她，才能讓他四處都可以看見她，才能讓他再也無法忽略她。芙蓉要爸爸知道，他放棄的女兒是那麼優秀，那麼無可取代。

這回答應了香港電台的邀請，也是一樣。芙蓉要爸爸知道，她也在香港，卻不跟他聯絡；她要爸爸知道，不是每個人都可以呼之則來，揮之即去的；她要在爸爸的視線裡，盡情地跳舞，卻不讓他靠近。

「再來是一位王先生，王先生你好，你要聊的是……」

「……芙蓉，我是爸爸……」

「……王先生，我想你認錯人了……先進一段音樂，我們再繼續接聽朋友的來電……」

下了節目以後，芙蓉的耳朵裡還是徘徊著那個聲音。

「……芙蓉，我是爸爸……」

是爸爸。芙蓉確定。

芙蓉很高興，他終於注意到自己，卻又隱隱覺得，有些地方不對勁。比如說，為什麼他的聲音聽起來那麼傷心？傷心的應該是她，應該是媽媽才對，不是嗎？

恍惚之間，芙蓉走到了電台大門。

「芙蓉，」櫃台小姐說：「有一位姓王的聽眾留了東西在這裡，要我們轉交給妳。」

櫃台小姐捧出一只白色小瓦煲，放在櫃台上。

芙蓉愣住了。她知道，那是爸爸拿來的。

從前，爸爸的那些禮物都被她送給朋友；但是今天，異鄉的一個夜，她突然有股衝動，想要揭開這個禮物，她想知道，爸爸會送她什麼？

謎底揭曉了。瓦煲裡氤氳的水氣襲上芙蓉的臉，透著一陣暖意。那是一碗粥，粥上片片魚生白嫩滑溜，是芙蓉最愛吃的海味。

艇仔粥

**一只白色小瓦煲，放在櫃台上。**
**瓦煲裡氤氳的水氣襲上芙蓉的臉，透著一陣暖意。**
**那是一碗粥，**
**粥上片片魚生白嫩滑溜，是芙蓉最愛吃的海味。**

# {艇仔粥}

材料

**（兩人份）**
白粥 ＝ 450g
白肉生魚片 ＝ 200g 切5mm厚
香菜 ＝ 少許
薑絲 ＝ 少許
油條 ＝ 少許
調味料（醬油少許、沙拉油少許、胡椒粉少許）

1 輕輕地將白肉生魚片與調味料拌勻，鋪在碗裡，備用。

2 取事先熬煮好的滾燙白粥，沖入 (1)，然後加入薑絲、油條、香菜，即可食用。

# 粥

粥，最古老的寫法是：鬻。從字形來看，可以想像出將米放在鬲（炊具）上熬煮的情景；後來，省略「鬲」字，就成為粥。據説，粥是黃帝所發明的。至少可以確定的是，在周朝時，粥就已經是非常普遍的飲食。

## 主廚的叮嚀

★這裡的白粥，是以米與水約一比十五的比例，例如：一百公克的米加一千五百毫升的水。先將米洗淨，濾除多餘的水分，以適量的沙拉油稍加拌攪後，再加等比例的水，煮至沸騰，轉中小火繼續熬煮，直至熬到原來的三分之一量，約需花一個半至兩個小時左右。

★熬煮粥的火力，必須維持在中小火，不可任意切換大小。如果火候不穩定，米粒可能會沾鍋。

★艇仔粥是以生魚粥爲主，廣州人偏好鯇魚（草魚），若沒有草魚，請盡量取無腥味的白肉魚片，例如：鱸魚、石斑等。除生魚口味外，亦可隨各人喜好添加其他食材。

在古代文獻裡，除了粥之外，稀飯的名稱，還有：饘、糜。如果要仔細區分的話，煮得較為濃稠的就叫饘，較為湯水的就稱為粥。

粥的種類極多，有許多古籍都有記載粥的吃法，例如：宋代的《太平聖惠方》裡收錄百餘個粥方；明代李時珍的《本草綱目》裡多達五十多種；清人蒐集的《粥譜》裡更是高達兩百多品。這些傳統的粥方裡，有的雅致，有的講究，可說琳瑯滿目，幾乎把粥推上藝術的境界。就拿南宋楊誠齋的《落梅有嘆》來說，他用雪水煮粥，在將起鍋之前，撒入洗淨的落梅花瓣，梅花瓣完美地綴在白粥表面，非但賞心悅目，吃起來更是幽香淡淡。《東京夢華錄》則記載著，在宋代，每年十二月初八有吃臘八粥的習俗；直到清朝，更成一股風氣，最初，臘八粥還名為七寶粥、五味粥或七寶五味粥，在《紅樓夢》裡，賈寶玉講臘八粥的典故給林黛玉聽，裡頭放有米、豆、紅棗、栗子、花生、菱角、香芋，剛好七寶，後五種都具有獨特的味道，正好符合七寶五味的講法。

廣東人吃粥特別講究，名堂也多，在廣東餐館的菜單裡，最著名的非「狀元及第粥」莫屬，據說，清朝的讀書人喜愛吃這品，以為科舉高中之兆。在以前，這道粥裡放有牛肉、豬肉、魚肉；現有則外加豬肝、豬肉、豬小腸，成為「三及第粥」；如果再加豬腎、豬心，就成為「五彩及第粥」。

清淡、簡約的粥，是以陶製的牛頭煲裝盛白粥，用大火熬煮三個小時，直到米粒融化消失，再撒點鹽粒與油條段，就成為最庶民的「明火白粥」，很適合油膩過後，換換口味。

艇仔粥，源於許多廣州遊客喜愛在風景名勝荔枝灣，邊泛舟邊吃舟上的粥。其實艇仔粥的配料並沒有特定組合，通常是以白粥為底，輔以生魚片、牛肉、豬肉、油條、醃漬物、腐乳、鹹魚等，隨個人喜好，自由組合。

有句話說得好：「寧可人等粥，不可粥等人。」所以，不管是哪種粥，都要趁熱吃。要不要來碗熱呼呼的粥呢？

# 記憶迷走

臘味煲仔飯

"哈囉?小島?你出門沒?
我是芙蓉,本來想請你到我家拿點東西,
既然你已經出門了,就算了。
咱們晚上香港見!"

當夜航班機抵達香港上空時,我實在無法相信自己的眼睛。璀璨如寶玉的通明燈火,鑲在岸的兩畔;那高低漸次的繁華煙霧,彷彿一場好夢。一定有人在香港夜不成眠吧?!已在夢境裡,又怎麼願意沉睡?

走出機場大堂,我遠遠就看見芙蓉張開雙手,又叫又跳。

「小島!這裡!我在這裡!」

她向我狂奔而來,還揮舞著手上一只紅紅黃黃的花圈。

「芙蓉,妳,妳不會想把那個花圈……」

我話還沒說完，芙蓉就把花圈套在我頸上，還露出狡猾的笑臉。

「沒錯！這就是我送你的見面禮，我可是去花店訂做的，你別辜負我一番好意喔。」

就這樣，我戴著芙蓉的花圈，坐上機場快線，沿途被人指指點點。

九龍站下車後，芙蓉終於在我的哀求下，把花圈送給一個白種男人。

「Welcome To Hong Kong。」她對男人這麼說。

我們轉免費巴士到北京道，再換社區小巴，經過紅磡體育場，往黃埔半島前進。小巴進入社區，拔高建築筆直茂密如海邊的防風林，而芙蓉就住在離海水最近的一幢高樓裡。

她領著我進門，領著我參觀她精巧雅致的小窩。一丁點大的空間裡，香港人做了最完美的設計，尤其是窗口邊突出的窗台，讓我和芙蓉兩個人依偎在維多利亞港灣的懷抱裡。

「嘿，你說你又辭職了？這次又為了什麼？」芙蓉問。

「為了來看妳。」我開玩笑說道。

「少來了，是不是被老闆炒魷魚了？」

「不是，是我媽終於受不了我換工作，她答應拿錢出來讓我開店了。」

「真的嗎？」芙蓉高興得尖叫起來。「小島，恭喜你，你的夢想終於要完成了耶。」

「八字還沒一撇，誰知道我媽會不會突然反悔？」

「那你店名要叫什麼？會開在哪裡？想請誰剪綵？我能做些什麼？」香港的夜，像一枚沉睡的蚌，淺淺地吞吐著海水。我和芙蓉就這樣聊了一整晚。

第二天開始，芙蓉帶著我走遍整個香港。

我們在旺角的茶樓吃早茶，然後坐雙層巴士體驗山路的峰迴路轉；中環半山電梯悠閒得像一盞午后茶，蘭桂坊的黃昏石階閃爍異國的光；尖沙咀有連天的Shopping Mall，太平山的纜車和天星小輪一樣懷舊。夜來了，我陪芙蓉去上現場節目；下了節目以後，兩個人再跑到廣東道上的「糖朝」吃完消夜才肯罷休。

我注意到，芙蓉有一些不一樣。笑的時候特別開懷，沉默的時候特別落寞，我想，是我占據她太多時間的緣故。

「芙蓉，我們今天不要跑那麼多地方，」我對芙蓉說：「就在黃埔這裡逛逛好了。」

「也好，在這裡住那麼久，我還沒好好逛過，」芙蓉說：「下午太陽沒那麼大，我們再到社區游泳池游個泳如何？」

就這樣，我們逛了逛吉之島百貨，買了大家樂的便當作午餐，睡了一個午覺，才準備出門游泳。

社區游泳池的人不多，只有幾個西方男女趴在躺椅上曬太陽。

「好棒喔，這是專屬於我們的游泳池。」芙蓉高興地跳下水去。「小島，快點，我們來比賽游泳，輸的人到半島酒店的Felix餐廳請喝酒。」做完暖身操，我也下了水；蛙鏡都還沒戴好，芙蓉就朝我猛潑水。

「竟敢偷襲我。」我立刻予以反擊。

我們兩個人濺起的水花驚醒半夢半醒的西方男女，他們翻一個身，又繼續睡了下去。

芙蓉笑著，我也笑著，午后浮雲閒適地飄著，多麼美好的一天。

游了好一會兒，游泳池的燈都亮了，浮雲也漸漸泛起紅霞。

「芙蓉，我好餓，要不要回去了？」我問。

「嗯，」芙蓉正游過深水區，從泳池的那頭大聲喊著：「你先上去梳洗，我一會兒就來。」

我點點頭，就離開了。

上樓走進沖洗室，一大片面向泳池的玻璃窗讓我看見芙蓉的泳姿。她游自由式，身子像魚一樣倘佯波光粼粼的水面。我伸出手，捉了毛巾，準備沖涼，卻看見，芙蓉的姿勢有些詭異。她的手腳揮動著，像在水裡手足舞蹈；她的下巴依著水面，忽上忽下地抽搐；她的泳帽掉了，長長的髮絲纏繞成一片墨。

突然，我的背脊一冷。

芙蓉溺水了?!

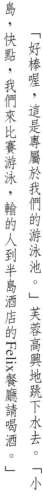

我慌忙拋下毛巾往外跑，電光石火間，我只能拚命呼救。快呀快呀，誰來救救芙蓉。救生員聽到我的聲音了，等我衝到池畔，他們已經將芙蓉拖上岸，壓著她的肚子施救。我握著她冰涼的手，看著她的雙目緊緊閉闔。

「芙蓉？芙蓉？」我急切喊著：「芙蓉？醒醒啊，芙蓉？」

驀地，芙蓉吐了一大口水，才睜開眼睛。

「芙蓉？芙蓉？我是小島，我是小島……」

芙蓉的眼神失了魂魄，她坐起來，不哭、不笑、不吵、不鬧，像是坐在一層霧裡，茫茫地注視著遠方。

「芙蓉？」我拍著她的臉，她還是一樣懵懂。「芙蓉？」

我用大浴巾將她裹住，不停地替她磨擦身子，幫她恢復體溫。

「哇！」一聲，芙蓉大哭，魂魄衝出了意識的冰山，重返人間。

抱著她，我的眼眶也濕潤了。差一點，我就失去了我的朋友。

晚上，芙蓉跟電台請假，在家裡安靜休養。我扶她躺上床，替她蓋上棉被，熄了燈，掩了房門，就要踏出她的房間。

「小島，」芙蓉喚我：「陪我，好不好？」

我坐在她的床緣，握緊她的手。

「有我在，什麼都不怕，好不好？」

她點了點頭，輕閉雙眼，和我說起剛剛的經過。

芙蓉說，我上岸以後，她想再游一圈就好了。突然之間，右小腿狠狠地被一條莫名的鞭子抽過，她感覺到痛，一種近似拉扯的痛，然後，右腳不再是自己的，它不斷地向外擴離；再來是左腳、右手、左手。

芙蓉想要呼救，一張嘴，卻喝進大口的水，那水像一把利器，不住地往她肚子裡刺。芙蓉掙扎著，想要閉上嘴，巨大的水流卻充滿她的身體。她看見水湧入蛙鏡，感覺水衝進鼻子裡；她變成了一顆氣泡，沉落到泳池的底面。

忽然，芙蓉望向水面，看見了，爸爸的臉。他的面容透過水的折射，忽大忽小地扭曲著。芙蓉看見他的嘴形，用著力說：「動動妳的手，動動妳的腳。」

芙蓉記起來了，那一幕發生在她很小的時候。那天，爸爸帶她去游泳，先教她閉氣，再教她用手腳划水，等她動作純熟以後，就把她帶到水池裡，讓她練習游水。芙蓉記起來了，那時候她很害怕，要爸爸站在身邊保護她；她潛進水裡，望向爸爸，爸爸對著她微笑，指導她動作。

芙蓉記起來了，那時候爸爸正在找工作，每天下午就帶著她到泳池學游泳；游完泳，他們會在泳池對面一家香港人開的店裡吃點東西。那時候，芙蓉最愛吃有鍋巴的煲仔飯，常常嚷著要吃；煲仔飯很貴，爸爸每次都從豬筒裡挖出一堆零錢，一枚一枚地算給老闆。芙蓉記起來了，原來她愛吃港式點心是因為爸爸也愛吃，芙蓉學著他，希望處處像他，還告訴自己長大後要嫁給爸爸。

芙蓉記起來了，那時候爸爸很苦惱，每天為家裡的生計憂愁，芙蓉替他打氣，說長大要賺錢給他花用；爸爸笑笑說，小芙蓉只要乖乖長大就好，爸爸別無所求。

芙蓉記起來了，芙蓉記起來了……

「可是，為什麼這些記憶，這些爸爸對我的好，只有在溺水的那一刻，才重新回來呢？為什麼我恨爸爸恨了那麼久，才記起他對我的好？為什麼？為什麼？」

芙蓉說，她睜開眼睛，看見我站在面前，卻什麼也說不出口；她像是被一個玻璃杯罩住，杯子裡，都是爸爸的影子。

「我記起來了，有一天晚上，我半夜醒來，看見爸爸跪在祖宗牌位前面，眼裡懸著兩滴淚。爸爸哭了，我想去安慰他，卻看見他的身邊放了一只行李。爸爸要去旅行嗎？怎麼可能不帶我去？那一定是在作夢，於是我又爬回床上去了。過一會兒，爸爸進了我房間，在我額頭上輕輕一吻。我睜開眼睛，問爸爸怎麼了？爸爸說，他要去一個很遠很遠的地方，可是，他捨不得我。我跟爸爸說，沒關係，我會在家裡等爸爸；但爸爸要答應我，帶一碗煲仔飯回來，讓我扒著鍋巴吃。爸爸說好，和我打勾勾，要我乖乖長大。第二天，爸爸就不見了。」

芙蓉一直哭。她說，她不知道記憶是會騙人的，為什麼她過去只篩揀那些苦澀的記憶？為什麼這些甜美的記憶不曾回到她的童年裡？

天亮以後，芙蓉打了一通電話回台灣，問媽媽爸爸在香港的地址。然後，我們坐上港九鐵路的火車，到火炭。出了車站，沿著道路走，我們走進「駿景園」社區。

清晨園子裡，我看見，一個清瘦的男人傍著一棵大樹，甩手作運動。芙蓉停下腳步，回過頭來，對我說：「這是我爸爸。」

我站在原地，淚眼朦朧地看著芙蓉向她的爸爸走去。

「我有一段迷路的記憶，」芙蓉說：「現在，我要親手把它找回來。」

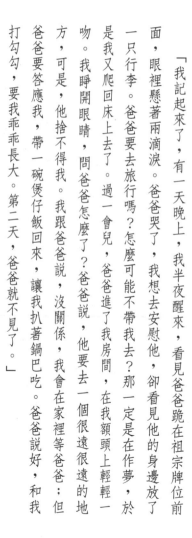

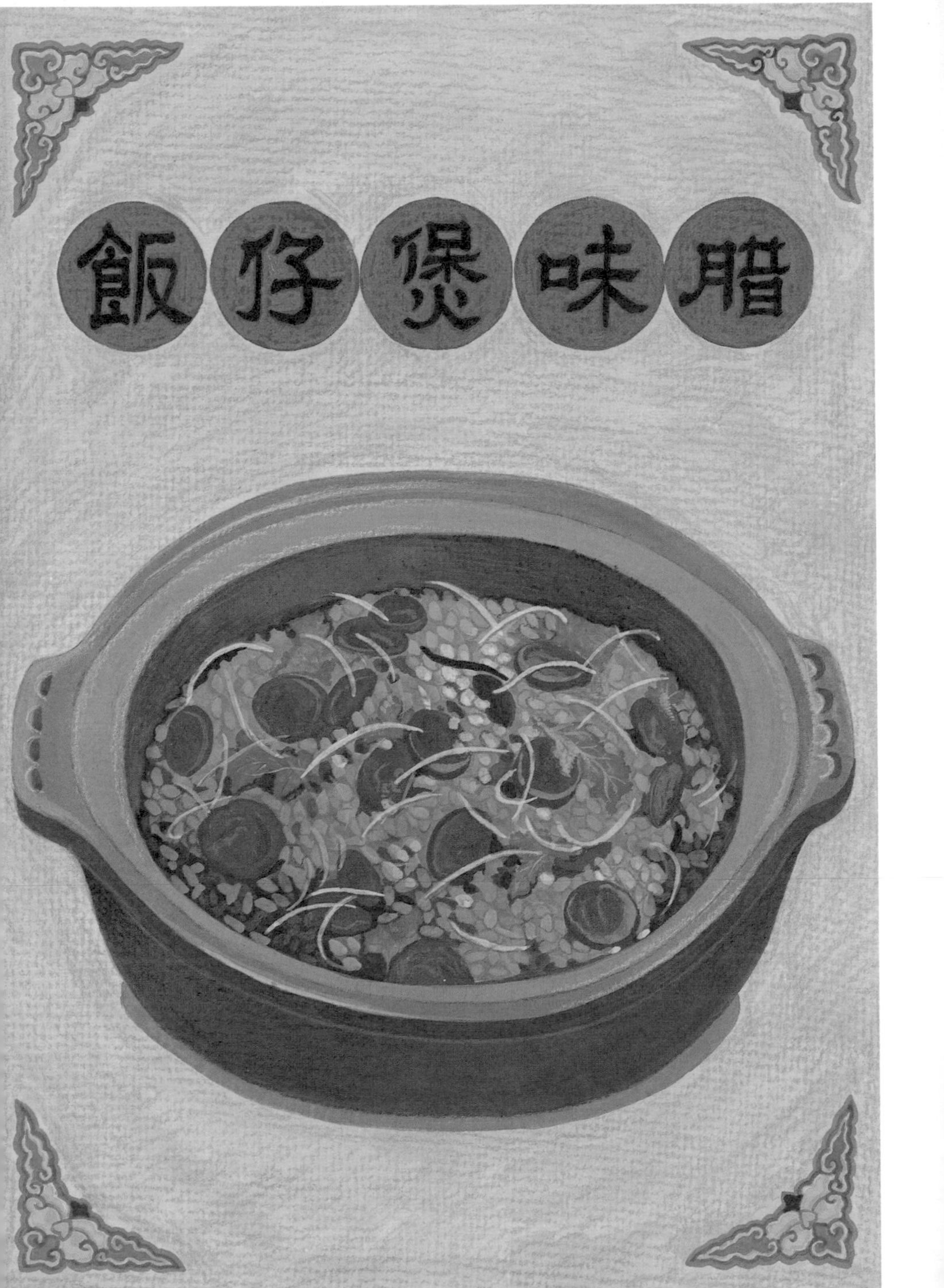
腊味煲仔飯

**爸爸說，他要去一個很遠很遠的地方，**
**可是，他捨不得我。**
**我跟爸爸說，沒關係，我會在家裡等爸爸；**
**但爸爸要答應我，帶一碗煲仔飯回來，讓我扒著鍋巴吃。**

# {臘味煲仔飯}

**（四人份）**

白米 ＝ 200g
清水 ＝ 170g
臘腸 ＝ 3條 切片
香菇 ＝ 1片 泡軟切絲
薑絲 ＝ 15g
蔥絲 ＝ 少許
調味汁（罐頭雞高湯30g、砂糖1/2大匙、醬油1小匙、麻油少許、黃酒或紹興酒少許）

材料

1 白米洗淨，以清水浸泡約一個小時後，濾掉浸泡的水，放入煲鍋備用。

2 將事先備妥的清水、香菇、薑絲、蔥絲、調味汁同時放入 (1)，蓋好煲蓋；用小火燜熱十分鐘，轉中火繼續加熱四分鐘。

3 當 (2) 沸騰時，以飯匙將米飯從底層向上翻拌，有助於均勻受熱。

**4** 在 (3) 的表層鋪好片狀的臘腸，再蓋上煲蓋，先用微火加熱三分鐘後，再轉小火繼續燜煮，直到水分蒸乾。

**5** 熄火後，繼續燜燒三分鐘左右，再重新開大火瞬間加熱約十秒。

**6** 再熄火，並且繼續燜燒七分鐘左右，即可食用。

### 主廚的叮嚀

★如果用煲鍋來煮飯，鍋底會結一層「鍋巴」，吃起來脆脆酥酥，帶點米飯的原始香味。但是也有人不喜歡這種焦中帶硬的口感，那麼在料理煲仔飯時，就必須注意火候的調整與翻拌的動作。

★煲鍋，不只可以用來料理煲仔飯，許多港星所鍾愛的「煲湯」，也是煲鍋的絕活。煲湯又稱爲「湯爆」或「水爆」，能保存食材口感與湯汁，嘗起來格外新鮮且可口。

# 煲

煲，這個詞彙源自於廣東菜，同時代表烹調工具與烹調方式。

以烹調工具來說，煲，指的是直徑十八公分左右的小砂鍋。煲的材質通常是在陶或瓦的內部上釉，具有導熱緩慢的特性。因為煲的保溫功能特佳，熱度可以維持較久，所以很適合長時間燉煮。

傳統煲鍋的使用方法，通常是：先加大量的湯液、放入食材，用微火長時間慢慢煨燉。後來，煲鍋縮小成目前的尺寸後，發展成能烹調各式各樣的菜肴。舉凡任何烹調方式的菜肴，只要以煲鍋裝盛，都可以稱之為「煲」，所以煲類料理的菜色具有無限擴充與變化的空間。例如：山東的九轉肥腸、江蘇的無錫排骨、四川的麻婆豆腐、上海的下巴甩水等，如果是用煲盛裝，即可列為煲類。

煲類料理的特色是：將菜肴加熱、處理過後，再用煲來盛裝，上桌前瞬間加熱即可；目的是要借用煲鍋的保溫效能，長時間保持食材的熱度，使料理能維持熱騰騰的香味。

在香港，煲仔飯又稱為「瓦煲飯」，是利用煲鍋炊煮各種口味的煲仔飯，除了更豐富米飯的口感外，也增添不少對米飯的聯想，常見的煲仔飯可分成兩類：

一、食材直接與生米炊煮成飯。在這個炊煮過程中，食材的顏色、香氣及味道，浸透入米飯中，豐富了飯的風味，例如：臘味煲仔飯。

二、先在煲鍋炊煮米飯，菜肴則另外加熱處理後再淋在煲鍋裡，最後將煲鍋放入蒸籠裡蒸煮約十分鐘，使菜肴裡的湯汁慢慢滲進米飯裡，例如：滑牛煲仔飯。

Ching

# 遺忘巴黎

Paris

這是一座花樣城市，
法國人用驕矜豢養此城的尊貴與美麗；
然而，鐵塔的壯秀，或是博物館的華美，
都比不上天色朗朗時，
林蔭大道兩旁露天**café**的怡然悠閒。
**c'est la vie**，法國人就是這樣享受生活。

"小島，我到了巴黎，一個我完全聽不懂人們說什麼的地方；
我揹著畫架，四處畫畫。
我不知道自己爲什麼會來到這裡，也不知道自己爲什麼會畫畫。
這一切，跟我想的都不一樣了。"

# 說了再見以後

## 勃艮地燉牛肉 Bœuf Bourguignon

說了再見以後，阿楓在京都車站前怔忡了一個下午。

風停了，雪停了，他站在真空的回憶裡，擺盪難平。

阿楓記得，瞳瞳走進人群裡最後的溫柔，他記得那落了雪花的髮梢香氣，記得那抽搐的肩頭薄薄暖意，只是，瞳瞳冷若冰霜的雙眸，卻真的，真的不忍記憶。

當夜色一點一滴浸透了他自己，阿楓選擇坐上往關西機場去的電

車，徹徹底底離開這座屬於瞳瞳的城。他到了機場，選了一班即將起飛的飛機，飛往法國花都，巴黎。

熄了燈的機艙裡，料峭寒意一點一點爬上心頭；阿楓向空姐要了毛毯，寒意卻從身子裡綻開成一場雪。阿楓想擋住那場雪，於是拿了一張紙，畫出一把火，用火把取暖；他用畫紙上的火暖熱自己的心，穩當自己的情緒。他一筆筆地勾勒，一層層地上色，漸漸，手下的紙被畫成一個懷舊時代，一個女人擁著男人，在燃燒的樹屋之前。

有人的愛情是彼此成全，有人的愛情是彼此毀盡；阿楓這才知道，自己的愛情屬於後者。

但是，一個三十歲的男人怎麼回頭？不能回頭的，就像三十歲的男人再也沒有落淚的權利。阿楓是這樣想的。

飛機降落巴黎，四周的空氣突然優雅了起來，那些阿楓聽不懂的法國話像一朵朵舌燦蓮花，驕傲而恣意地開在法國人的唇畔。這是一座花樣城市，法國人用驕矜豢養此城的尊貴與美麗；然而，鐵塔的壯秀，或是博物館的華美，都比不上天色朗朗時，林蔭大道兩旁露天café的怡然悠閒。c'est la vie，法國人就是這樣享受生活。

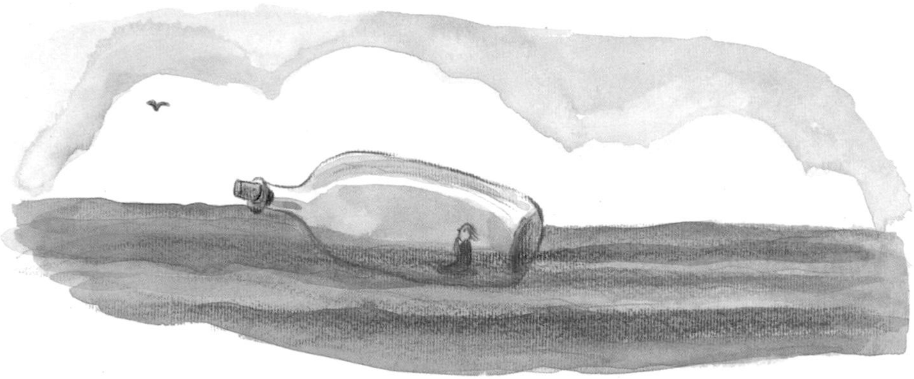

阿楓在蒙馬特找到一間出租的小閣樓作棲所，然後比手畫腳地和不說英文的法國人打交道、過生活。小閣樓裡家具簡陋，夜來了也沒有暖氣，阿楓只能穿著大衣入眠。就在這樣的日子裡，阿楓看見了未曾謀面的自己；他買了畫架、顏彩，跟著蒙馬特街頭的畫家一起畫畫。技法、構圖他都不懂，也不計較，他只是揹著畫架，拿著畫筆，畫著心裡想說的話。

於是，他的畫裡，男人總是流著淚水，女人總是一個朦朧的背影。

阿楓習慣在夜晚來臨之前，沿著蒙馬特小丘起伏的石板坡地散步。偶爾，他會遇見一個女人牽了一隻古代牧羊犬走過他身邊，與他點一點頭，打個招呼；遇見次數多了以後，他才想起他見過這個女人。

住進蒙馬特的第一天夜裡，他到紅磨坊附近的小酒吧喝酒，就見過那女人穿著性感，在街旁站成一道春光。不一會兒，停下一部車，與女人攀談了幾句，女人就上車了。

有一天，女人的狗走近阿楓，在他腳邊繞著繞著，像是在尋覓一個柱子，準備標記自己的存在。

「Bonsoir。」女人急忙拉開了她的狗，連聲道歉的模樣。

阿楓對她笑了笑，表示自己不會說法文。

「English？」女人試探地問道。

阿楓點了點頭，於是與女人用英文交談了起來。

女人說，這不是她的狗，而是她從前男人留下來的。看到狗，就像看到那個背棄她的男人，有時候真是難受；但是，寂寞的時候，狗又會陪在她身邊，讓她好過些，所以她對這隻狗是又愛又恨。

「你呢？我常常看到你一個人在這裡散步，你沒有養狗？」

「對，我只準備在巴黎住一小段時間，所以不能養狗。」阿楓一邊摸著狗柔順的毛，一邊說。

「你從哪裡來？」

「台灣。」

阿楓花了許多時間，介紹這個自己出生的小島。他索性拿出一張畫紙，畫了一張世界地圖，然後標示出台灣小小的存在。

「很遠的地方，對不對？」女人表示自己從來沒聽過這個地名。

「很遠很遠，很遠很遠。」

「會不會想家？」

「嗯。」

「我也是外地來的。」

他們之間，沉默了好一會兒，那隻古代牧羊犬也逛累了，在他們旁邊坐了下來。

「對了，」女人突然問道：「你今晚有空嗎？」

阿楓聳了聳肩，表示自己晚上沒什麼事。

「是這樣的，我一個人住，卻燉了一大鍋的勃艮地牛肉，如果你不嫌棄，請到我家共進晚餐。」

阿楓想了想，似乎沒什麼不好，就答應了女人的邀請。

女人家靠近聖心堂，從窗外望去，就可以看見教堂的白色身影。她家裡的擺飾簡單、用色素雅，恰如玄關那把初綻的百合般靜美。女人從廚房裡端出兩碟燉牛肉，也為狗準備了一份，於是，兩個人、一隻狗，就在這樣的夜裡共享晚餐。

女人的手藝不壞，至少，有一種家的味道。驀地，阿楓有了錯覺，坐在身邊的，是不是就是他的妻？

誰是他的妻呢？阿楓猛然轉頭去看，只見女人對他眨了眨眼睛。

「好吃嗎？」女人問，她裸著的腳指尖也輕輕地撫過阿楓的腳踝。

「非常好吃。」阿楓讚許著，以為自己又有了錯覺。

「那就多吃一點。」

女人的手疊著阿楓的，然後像彈奏鋼琴似的，一指一尖滑過阿楓的腕臂。

阿楓一怔，又錯覺自己已然成家；那昏黃的燈映照窗簾，誰家今夜人未歸？才留了盞燈守夜。

「吃飽了嗎？」

女人的手搭上阿楓的肩，順著肩窩轉著漩。

阿楓再也說不出話來。牛肉的酒意微醺了他的眼，怎麼一切都不真實了起來？

「吃飽了，就到客廳坐坐吧？」

女人的手還想攀上阿楓的臉……

「不，不了，」阿楓從怔忡裡驚醒。「我還得趕回家去。」

「這麼急著走？」

「……對，我和女朋友約好，她今天晚上要打電話來……」

「喔。」女人的態度冷了下來。

「謝謝妳的晚餐。」

阿楓說完，就走出大門，走進夜色昏沉的蒙馬特。

下起大雨了。男人的慾望隨著雨水降落，落到石板路間縫，流成一注注小溪瀑；流過平原，流過海水，流進思念的沼澤泥濘，失了蹤影。

是那即將攀上臉的細長指尖，戳破了綺麗的錯覺。女人的指尖塗上了指甲油，閃亮著油光；瞳瞳卻是不塗指甲油的，她說，在旅館工作不能塗指甲油，那會讓客人感覺不清潔。

阿楓想起了瞳瞳的指尖，在下著大雨的蒙馬特。

Bœuf
bourguignon

**女人從廚房裡端出兩碟燉牛肉，兩個人就在這樣的夜裡共享晚餐。**
**女人的手藝不壞，至少，有一種家的味道。**
**驀地，阿楓有了錯覺，**
**坐在身邊的，是不是就是他的妻？**

# 勃艮地燉牛肉
# Bœuf Bourguignon

## 《 醃牛肉 》

（四人份）

**材料**

| | |
|---|---|
| 牛腩 ＝ 800g | 胡蘿蔔 ＝ 1條 |
| 洋蔥 ＝ 1棵 | 美國芹菜 ＝ 1支 |
| 蒜頭 ＝ 5個 | 紅酒 ＝ 半瓶（約350cc） |

**1** 材料洗淨，牛腩切大塊、胡蘿蔔切小塊、洋蔥切丁、美國芹菜切段（含葉子）、蒜頭拍裂。備用。

**2** 全部的材料，以半瓶紅酒醃漬一個晚上，使之入味。

**3** 將牛腩、蔬菜、醃汁各自分開，並以紙巾吸乾牛腩的水分，備用。

## 《 燉牛肉 》

**材料**

香料（月桂葉1片、洋芫荽1小匙、百里香1/2小匙）

| | |
|---|---|
| 培根 ＝ 200g 切段 | 番茄糊 ＝ 2大匙 |
| 鹽 ＝ 少許 | 牛肉高湯罐頭 ＝ 1罐 |
| 胡椒 ＝ 少許 | 紅酒 ＝ 半瓶（約350cc） |
| 洋菇 ＝ 8個 | |

**1** 以少許的沙拉油爆香培根，當培根微焦時，移至燉鍋。

**2** 利用 (1) 餘留的油，以大火快炒牛腩至表面呈微焦後，即可撈出，移至燉鍋。

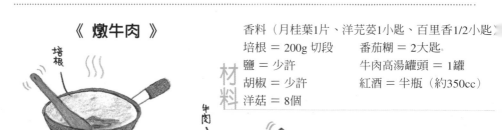

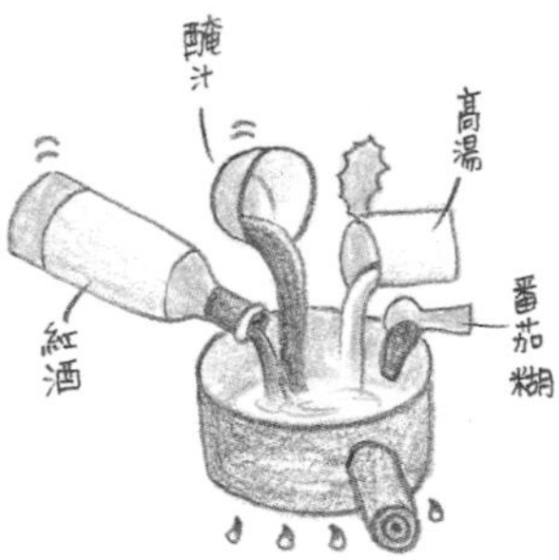


3 轉中火，繼續加熱 (2) 油，炒醃牛肉裡的蔬菜；
起鍋前再加些許的水，翻攪後，全部倒入燉鍋。

4 當所有的材料都置於燉鍋後，把高湯罐頭、
醃牛肉的醃汁、紅酒、番茄糊依序倒入，以中火燉煮。

5 去除 (4) 的浮沫，添加香料並依個人喜好調味，
微火再燉兩個小時。

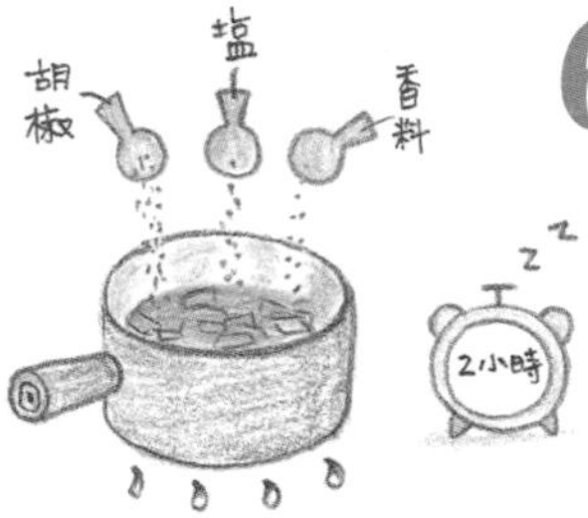


6 取出燉鍋裡的牛腩，
以濾網將燉汁濾出（渣丟棄不要）。

7 將 (6) 的牛腩與燉汁再倒回燉鍋內，轉中火，
加入洋菇、麵糊，調至如羹狀般濃稠，即可完成。

## 麵糊

材料：奶油200g、麵粉250g

**1.** 將奶油置於炒鍋內，轉開大火；
奶油溶化後，倒入麵粉，以木匙拌炒。

**2.** 當奶油與麵炒得均勻後，
關小火，繼續拌炒約二十分鐘。

**3.** 麵糊呈深棕色時，移至另一個容器，備用。

### 主廚的叮嚀

★若沒有牛肉高湯罐頭，可以改用牛肉湯塊加水調勻來替代。

★以高溫快炒牛肉，能使牛肉表面急速收縮凝固，將純天然的肉汁包鎖在裡面；當牛肉再經過燉煮的步驟，肉汁就不容易流失了。燉煮時，鍋內的水分會蒸發掉，必須適時補充水分。

★燉牛肉時，最好選用開口小、鍋身深厚、鍋蓋能與鍋口密合的燉鍋。

★除了洋菇之外，還可以視各人偏好加入用開水煮熟的胡蘿蔔、馬鈴薯之類的蔬菜。

★燉牛肉裡的燉汁如果拌上義大利麵條食用，非但不浪費湯頭，而且齒頰留香，增加飽足感。（煮麵方法參考義大利麵作法。見65頁）

# 葡萄酒的故鄉 勃艮地

法國勃艮地（Bourgogne）的光芒，幾乎可說是因葡萄酒而閃耀，素有「葡萄酒之王」之譽，與被稱為「葡萄酒之后」的波爾多共享美名。所以，凡是冠有「勃艮地……」之名的料理，肯定加有大量的葡萄酒，特別是紅酒。

勃艮地的燉牛肉與當地名產「蝸牛」齊名，都是世界級的美食。

法國有兩大牛肉產地：利慕贊（Limousin）與勃艮地的夏隆內（Charolais）。其中，夏隆內所產的牛肉更是深獲好評。夏隆內牛分布於勃艮地附近，以夏隆內為中心。春天到秋天之間，斷奶後的小牛，會被放牧在廣大的牧草原上；冬天來臨時，就圈趕入房舍內，以玉米及乾牧草為飼料。在細心地呵護之下，夏隆內牛較同歲數的牛或其他種類的牛，長得更壯、更大，而且對自然環境的適應力也較強，所以，夏隆內牛經常出口到世界各地去。夏隆內牛肉可說與日本的松阪牛肉、神户牛肉相互較勁，以贏得美食家的青睞。不同的是，日本牛肉的外觀有著大理石般的紋路，口感則柔軟得入口即化，但是，法國人所偏愛的夏隆內牛肉卻是愈嚼愈有味。

勃艮地燉牛肉最大的魅力在於：肉軟、多汁。燉燒牛肉，最好選用牛腩或牛腿肉。因為瘦肉歷經長時間的燉煮，會把肉質的口感煮得過於乾澀；如果是瘦肉與肥肉層疊的牛腩，就不會有這層疑慮了。

在料理這道菜之前，必須讓牛肉與蔬菜泡個華麗的紅酒浴，這個浸泡的過程在於使肉質軟化；飽沾紅酒與數種蔬菜的香氣，保證讓牛肉的風味更豐富。長時間以微火燉煮可以軟化肉纖維，而且，因為脂肪遇熱後均勻分布到肉纖維裡，使得肉質滑潤、多汁，讓人食指大動。

勃艮地燉牛肉經常搭配Nouille一起食用。Nouille是種形狀寬扁的麵條，類似中國人吃的寬麵，稍比義大利的spaghetti短；如果以義大利pasta來歸類的話，大概會被歸於Tagliatelle吧！

"小島，我寄了一封信給你，你收到了嗎？
我決定飛去日本，挽回瞳瞳：
巴黎，我是一刻也待不下去了。"

# 在巴黎，遺忘煩憂

## 馬賽海鮮鍋 Bouillabaisse

蒙馬特的小丘上，有一個小小遊樂園，每到假日，許多孩子都被父母親帶著，走進這個遊樂園。遊樂園很小，小到只有一個宮殿式的旋轉木馬和幾樣簡單的玩具，孩子們卻仍樂此不疲地一遍又一遍玩著。

我今天也去了遊樂園，替那些坐旋轉木馬的孩子畫畫。孩子們的笑臉是天底下最璀璨的寶石，遺憾的是，這寶石終會被歲月磨去光采。我坐在那裡畫畫，聽著周圍的嘈雜聲，突然，有幾句聽得懂的英文進入耳中。

「爸爸，你看，我比哥哥高了。」

一個父親將小兒子架坐在脖子上，小兒子高興極了，指著被父親牽著手的小哥哥說。

父親微笑著，小哥哥則在一旁嘟著嘴巴。

小兒子高興了一陣，又想了想，看看天空。

「可是，爸爸，爲什麼我沒有耶穌高呢?!」

我在一旁笑了起來。多麼有趣的孩子。只是，我笑著笑著，想起了我的弟弟。

小島，我有個弟弟，這是你不知道的事吧?!

我很少跟別人提起我的弟弟，對我來說，那像是一個表面結了痂，裡面還汩著鮮血的傷口。

我和弟弟相差五歲，他從小就是我的跟班，跟著我爬樹，跟著我在田裡奔跑，他把我當成他的偶像、他的耶穌，我卻一點也不喜歡他。爲什麼?我也說不清楚，或許是因爲有了他以後，我不再是爸媽唯一的孩子，也不再擁有獨立的房間和玩具，我看著自己穿過的衣服穿在他身上，看著他的小床放在我的房間裡……但是，這是我長大之後才知道的心結，當時，只是不喜歡他，但他偏偏又那麼崇拜我，讓我有些無所適從吧?!

我們一起慢慢長大，從鄉下搬到城市，家裡也開始經營布莊，爸媽愈來愈忙，弟弟就成了我的負擔。我得哄他睡覺，陪他吃飯，幫他洗澡；我十分不願意，卻又沒有理由拒絕這個責任，於是就用小男生的方式平衡自己。我不高興的時候就偷偷捏他，甚至打他；想吃零食的時候就讓他去跟爸媽要錢，說是他想吃的；不想上課，就要他騙爸媽說我生病了不能起床，要他們跟老師請假……

我就是這樣欺負我的弟弟，但他始終以爲，我是疼愛他的，他跟著我玩，跟著我笑，跟著我哭；他認定我是威風王子，而他是隨從，我們會一起打擊惡魔黨，像卡通片裡的主角一樣，除暴安良。

後來，弟弟離開了我；他沒有跟著我長大，而是被我送去了一個再也回不來的遠方。

那天，天氣陰陰涼涼的，媽媽燉了一鍋麻油雞，要我放學以後弄熱，當作我和弟弟的晚餐。放學回家以後，我開了瓦斯加熱，就和弟弟打開電視看卡通，差點忘了那鍋湯。

「哥，湯好了沒？」弟弟問我。

「你不會自己去看。」我說。

「可是我不夠高。」

「那就用小椅子墊嘛，」我老氣橫秋地說：「笨，連這種事都不會。」

弟弟進了廚房，我還是盯著電視看。我聽見他來來回回拖椅子、搬凳子，也沒去多注意，不一會兒，廚房傳出一陣慘叫，我嚇了一跳，趕緊衝進去……

只見弟弟摔倒在地上，整鍋沸騰的熱湯潑灑在他身上，鍋子還貼著他的腿；他的全身紅腫，掏心掏肺地大哭大叫，身體不停地抽搐。

那像世界末日一般的景況，眞的把我嚇到了。

我不知如何是好，趕緊打電話到布莊找爸爸媽媽；他們火速趕回來，送弟弟進醫院，我一個人，餓著肚子守著家。

弟弟全身嚴重灼傷，又延誤就醫，再加上後來傷口感染，就這樣沒有再出院了。

我常常在夢裡夢見弟弟，夢見他和我一起長大了；我們一起打籃球，一起看女生，一起交女朋友……然後，鏡頭一轉，他滿身傷口的問我，爲什麼不讓他如此這般的長大成人？

我想，我是眞的虧欠他太多，多到我覺得自己不該幸福、不該快樂，因爲我是個罪人，不應當有平順的生活，我應該有報應的，不是嗎？

後來，遇到了瞳瞳，我知道自己喜歡她，也明白自己不配擁有幸福。我向她表白，她說她有男朋友了，我卻有些竊喜；如果，我努力追求，然後得到她的青睞，這就不是上天給我的幸福，而是我自己掙來的。於是，我付出所有的努力，和她在一起，我對自己說，這可能是我這輩子最大，也是最後的快樂，我一定要好好把握。

我確實有好好的把握瞳瞳，也好好的珍惜和她在一起的時光，等到

我們的交往日益深入，我才發現，我還想得到更多的幸福、更多的快樂。

比如說，結婚。

你還記不記得我那年出了車禍?!救護車把我送到醫院，然後送我到手術台上縫合傷口。手術台的上方是一個巨形的亮燈，照得我幾乎張不開眼睛；傷口的劇痛加上縫合的拉扯，我痛暈了過去，迷迷糊糊的看見了在日本的瞳瞳走到我面前來。

「我們結婚吧，」我說：「結了婚就不會分隔兩地了。」

瞳瞳點一點頭。

轉眼間，我們穿上了禮服，在酒館裡宴請賓客。

一陣風吹來，打開了酒館的大門，走進一個男人。我知道，那是我弟弟，面孔模糊，但我就是知道。

「你們不能結婚，」他說：「因爲我也沒有結婚。」

就這樣，我嚇醒了，知道我不可能結婚，那不是我能擁有的幸福。

我知道瞳瞳一直想結婚，對她這樣的女孩來說，作一個好妻子就是她所有的夢；我知道她怪我不承諾婚期，我知道她以爲我迷戀單身的自由，但我眞的不知道，怎麼跟她說……

那個父親把小兒子放了下來，跟他說：

「沒有人會比耶穌高，因爲我們都是凡人。可是，將來你一定會比我高，甚至比哥哥高，因爲你是我們的希望。」

我揹起畫架回家了。

我的弟弟永遠不會比我高。

而我也永遠不會是瞳瞳的希望。

阿楓沿著塞納河畔散步，又遇到那個女人了。

那個下著滂沱大雨的夜之後，阿楓刻意避開女人會出現的路線，卻沒想到會在這裡遇見她。女人坐在塞納河畔，就只是坐著，看著人來人往的兩岸，偶爾和遊船上的觀光客打招呼。

「嗨！」女人看見了阿楓，和他打了聲招呼。

「嗨，妳的狗呢？怎麼沒帶來？」阿楓走到她身邊，坐了下來。

「我把牠送走了。」女人說：「我明天要結婚了，把牠送給了朋友。」

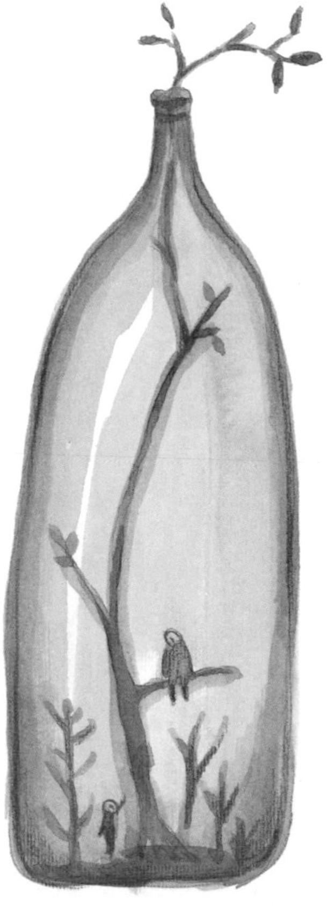

結婚？阿楓有些詫異，這樣的女人也會結婚？

「每次看到你，剛好家裡都煮了太多食物，怎麼樣，要不要到我家喝馬賽海鮮湯？」女人看著阿楓。「這次『只喝湯』，我明天就要結婚了。」

阿楓點了點頭。

看樣子，女人是真的要結婚了，家裡的玄關推滿大大小小的行李，沙發罩了層布，窗簾也取下來了。

女人煮了一道馬賽海鮮湯，添了兩盤，就和阿楓對坐著吃晚餐。

女人突然開口，說著自己的故事。

「那天，我打電話給從前的男人，我問他，還要不要回來把東西帶走，他很訝異地問我，那些東西還留著做什麼?!我問他，那狗呢？狗怎麼辦？他說，隨便，喜歡就養，不喜歡就送走，他沒有意見。

我這才知道，自己是個傻瓜，以前他住在這裡，吃我的，用我的，還要我用身體賺錢來養他；有一天，他不告而別地走了，我竟然還牽掛著，怕他在外面受苦，怕他沒錢花；等到我千方百計地找到他，才知道他又跟別的女人住在一起了。但是我又想，有一天他一定會回來的，於是留著他的東西，養著他的狗，一樣去用身體賺錢，假裝一切都沒有改變過。結果，沒錯，我沒有改變，他卻早就忘了我。

其實，你知道嗎？他並沒有錯。他離開了我，就是告訴我，我們之間結束了，是我自己自作多情，想這個、想那個，人家根本沒有把我放

在眼裡。於是我把他的襯衫、內衣褲、床單都丟掉，只留下一支牙刷作紀念。我也把狗送給一個喜歡狗的朋友，我根本就沒有喜歡過牠，牠和我在一起也不會快樂。

我沒有換工作，因為那是我唯一會做的，但我找到一個說愛我的男人，明天就要娶我了。就這樣，我要結婚了。」

女人停了下來，看著阿楓。

「那要恭喜妳了。」阿楓知道，女人等待的，是一句祝賀。

「謝謝。」女人甜甜地笑開了。「我已經三十歲了，是該為自己做些打算。」

三十歲？是呀，阿楓想起自己也三十歲了，弟弟離開，都二十年了。會不會，自己也像女人一樣，揣度弟弟的一切，事實上，只是困住了自己呢？

「明天，你可以來參加我的婚禮嗎？」女人問。

「可能不行，」阿楓說：「我想，我明天應該要飛到日本去，跟我女朋友見個面。」

「那真是太可惜了……」女人伸出手來，輕輕疊在阿楓的手上。「謝謝你願意來陪我，其實，我坐在河畔只是想找個人說話……」

「不要客氣。」阿楓緊緊握住女人的手。「有時候，我們只是需要一個人傾聽煩憂；等我們願意把煩憂說出來，一切也就過去了，對不對？」

Bouillabaisse

女人煮了一道馬賽海鮮湯，添了兩盤，就和阿楓對坐著吃晚餐。
「明天，你可以來參加我的婚禮嗎？」女人問。
「可能不行，」
阿楓說：「我明天應該要飛到日本去，跟我女朋友見個面。」

# 馬賽海鮮鍋 Bouillabaisse

（四人份）

**材料**

白肉魚 ＝ 四種任選 各1尾
貝類（大明蝦4尾、貽貝8個、海瓜子8個、大蛤蜊8個）
洋蔥 ＝ 1個 切絲
蒜頭 ＝ 3個 拍裂
紅番茄 ＝ 2個 去籽
美國芹菜 ＝ 1根 切段
白酒 ー 200cc
番茄糊 ＝ 2大匙
橄欖油 ＝ 150cc
香料（小茴香1小捏、洋芫荽1小捏、百里香1小捏、月桂葉1片、大茴香1小捏、番紅花1小捏）

1 將所有的魚肉洗淨，去頭去尾後，把魚身切成三公分左右的厚段。

2 熱鍋後，以橄欖油爆香蒜頭，倒進洋蔥，炒至呈透明狀。

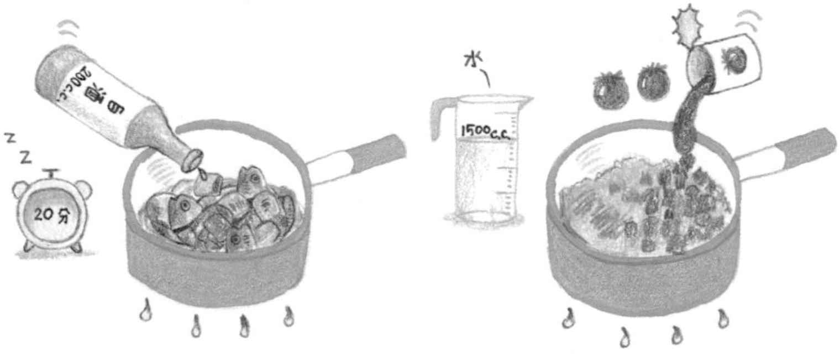


3 轉中火，先放置魚頭、魚尾、白酒拌炒約二十分鐘，直至水分蒸發、魚散成糊狀；隨後，倒入番茄、番茄糊、美國芹菜，稍微拌炒後，再加約1500cc的水，煮到沸騰。

4 撈取浮沫後，加香料，
關微火，燉煮兩個小時。

5 用濾網濾出 (4) 的湯汁（丟棄）。

6 再重新煮沸 (5) 的湯汁後，以小火燉煮魚身切段，
隨後加蝦、貽貝、海瓜子、大蛤蜊，
煮至貝類開口，即可熄火。依各人喜好調味。

## 蒜泥美乃滋

**材料：** 馬鈴薯1/2個、蒜頭2個、蛋黃2個、橄欖油100cc、
番紅花或匈牙利紅椒粉少許、鹽。

**作法：** 將水煮的馬鈴薯拌成泥，然後慢慢加入蒜泥、蛋黃、
橄欖油拌勻。最後以番紅花和鹽調味。

### 主廚的叮嚀

★選擇白肉的魚類比較沒有魚腥味，白肉魚可以依季節或各人喜好，可任選：嘉納、石斑、赤石斑、馬頭魚、赤鯮、白鯧、比目魚、鱸魚等。應避免腥味重的魚，例如：秋刀魚。

★馬賽海鮮鍋的標準吃法是：品嘗時，必須將魚貝類撈出，放於盤上，與湯分開食用。當然，只要吃得盡興，也可以隨性搭配另類新吃法。

★蒜泥美乃滋不但可以用來沾魚貝類，還可以放入湯裡調味，風味絕佳。

# 普羅旺斯的母愛

從前從前，在海邊的村落裡，有位守寡的老婆婆，她的兒子遠赴城裡工作，只留她孤零零地守著老家。某天，村裡的孩子們如同往常，成群結伴地來到老婆婆的庭院玩耍。不過，他們卻發現老婆婆蹲坐在門邊黯黯地啜泣著。孩子們好奇地探詢老婆婆哭泣的原因，原來，平時三餐不濟的老婆婆正因為家裡沒有東西可煮給遠道回來的兒子吃而愁苦著。

所幸，孩子們的爸爸都是漁夫，他們突發奇想，各自跑回家裡，不久後，每個人就帶來一尾魚送給老婆婆。看見孩子們的好意，老婆婆終於破涕為笑，隨後就開始傷腦筋：「這麼多大小不同的魚，該怎麼料理好呢？」想來想去，終於浮現出什錦海鮮鍋的構想，老婆婆將後院摘來的番紅花蕊加入海鮮湯裡，漸漸地，這個海鮮鍋染成金黃色，就像老婆婆微笑的臉。

這是有關於「馬賽海鮮鍋」（Bouillabaisse）起源裡，最溫馨的傳說。馬賽海鮮鍋來自於普羅旺斯，以馬賽港為中心。沿著地中海沿岸的各個鄉鎮裡，到處都可看見海鮮的蹤影。據說「Bouillabaisse」是由「Bouillage」（煮沸）與「Baisse」（關小）兩個單字組合而成。同時，點出馬賽海鮮鍋的烹煮方式——先用大火煮沸，再以小火慢熬。

品嘗馬賽海鮮鍋時，首先，先將湯與料分開，然後在切成薄片的法國麵包上塗層蒜泥美乃滋（Rouille），要邊喝湯邊吃麵包呢？還是將麵包浸在湯裡吃呢？隨各人喜好。此外，蒜泥美乃滋沾魚貝類或混著湯喝，都是不錯的搭配。

# 我們結婚，好不好？

{法式蛋捲 Omelette}

"小島，現在是清晨五點，我從巴黎飛抵日本關西機場，等一會兒就要坐上電車到京都找瞳瞳。
打電話給你，是要告訴你，
我決定結婚了！"

再一次，阿楓坐上往京都的電車。

清晨的陽光初初露臉，一派派亮黃金光從雲層間灑落，像一道簾幕懸掛半空，鐵道兩旁的房子就沐浴在暖暖的情調裡。

阿楓突然羨慕起這些小房子裡住的人家。

過一會兒，丈夫就會穿好西裝、打好領帶出門了吧?!妻子會送到門口，提著丈夫中午的便當，給他一個親切的擁抱吧?!然後，丈夫上班去，妻子一個個把孩子從被窩裡揪起床，再一個個把他們送出門去，陽光就漸漸爬上屋頂了吧?!妻子或許會望向窗外疾駛過的火車，遙想單身時的自由，卻依然甘願過著現在這樣穩定的生活吧?!

如果，阿楓想，如果是瞳瞳，她一定甘之如飴地享受家庭主婦的生活。

阿楓微微一笑，這樣的想像，讓他快樂。

是的，阿楓想要結婚了。從前淚流滿面的悲劇被陽光晾乾，他突然清楚地知道，如果，弟弟真的回到他身邊，也會祝福他的幸福，而不是強奪他的快樂。

是啊，阿楓是弟弟心目中的威風王子，他會希望阿楓快樂的。

抵達京都以後，阿楓跳上往哲學之道的公車，他終於可以看一看這千年老城的古悠。

這是銀閣寺，與金閣寺相互輝映的仿造之作，一片白石鋪成的枯山水裡，有日本人深以為榮的濃厚禪意。阿楓緩緩步行其間，參不透禪意，卻被日本人小處著眼的細膩工夫深深感動。

走過銀閣寺，走過枯了枝椏的哲學之道，一葉靛藍色的布招迎風飄搖；布招上，寫了一個「嵐」字。

就是這兒了。

阿楓在門口踱了踱，沒瞧見瞳瞳，他深吸了一口氣，拉開了門。

一個白髮蒼蒼的老婆婆迎了上來，她跪坐在玄關，深深地鞠了個躬。

「妳好，」阿楓猜想，她就是林奶奶了，於是用閩南話自我介紹。

「我叫阿楓，是瞳瞳的男朋友。妳就是林奶奶吧?!瞳瞳時常提起妳。」

林奶奶遲疑了一下。

或許是因為突然聽到家鄉話的緣故吧，阿楓想。

「你好你好。」林奶奶很久沒有說閩南話，開口的時候，細尖的嗓音裡，有了哽咽的嘶啞。「瞳瞳去上課，不在。」

「上課？上什麼課？」

「她去學做菜，」林奶奶將阿楓迎進門來。「大廚想退休了，瞳瞳說，她去上課，以後就可以負責廚房。」

林奶奶拿出一只陶碗，倒了茶末，注入溫水，再藉茶刷和成一股茶香；她用雙手捧杯，送到阿楓面前。

這是日本茶道，阿楓卻不知道該怎麼喝，他尷尬地看了看林奶奶。

「拿起來就喝，不要拘束。」林奶奶明瞭阿楓的意思，她慈祥地說：「日本人就是禮數多，我們是台灣人，不用管它這麼多。」

兩個人相視而笑，彷彿是異地偶然相遇的同鄉。

「我是來……」阿楓想說「提親」，卻又認為有些不妥，於是轉口說：「我是來看瞳瞳的。」

林奶奶點一點頭。

阿楓不知道林奶奶對於他和瞳瞳的事知道多少，但她看起來，一切瞭然於心，好像再說什麼都是多餘的。

中午時分，林奶奶替阿楓準備蕎麥麵，問了他許多關於台灣的事。阿楓一點一滴地說，說到日斜西山，林奶奶還是想聽。對林奶奶來說，台灣像是一則前世記憶，朦朦朧朧，似曾相識；她想要去看清楚故鄉的一切，卻又發現，故鄉已是異鄉，曾經眷戀過的，都不復存在。

林奶奶有些感傷。她佝著背，緩緩起身。

「我得去替客人鋪床了。」

這時候，阿楓才看出她年老的力不從心。

「我也去幫忙。」

阿楓尾隨林奶奶，一個一個房間地鋪床；就像在十和田湖時，和瞳瞳一起工作，只是眼前的人老了一些。瞳瞳年老後，會不會也是這模樣？

晚餐的時候，阿楓自告奮勇，要做一道菜；他拿了一些蛋，一些奶油，想為瞳瞳做一道蛋捲。

這是阿楓在巴黎時，看著英文食譜學的。從前，都是瞳瞳為他做菜燒飯，這回，瞳瞳一回家，看見他和他做的菜，一定就能明瞭他的改變。

布置好飯菜，阿楓坐在玄關等瞳瞳。

門外的哲學之道悄悄暗了下來，黑鴉鴉的枝椏間，只有一種不知名的鳥咕嚕咕嚕地啼叫著。這樣的夜景，這樣的窗櫺，讓阿楓想起了那年在澎

湖的景況。

夜在木窗櫺間漆黑，外頭是狂風暴雨的肆虐，海面上，無邊無際的巨浪翻成一場又一場的風雪。閃電畫過，燃亮瞳瞳的驚慌；阿楓看見了，伸出手去，摟著瞳瞳的肩；瞳瞳沒有説話，只是輕輕地，將頭靠在阿楓肩上。

就是那一刻，阿楓確定瞳瞳接受了自己。他低下頭，嗅了嗅瞳瞳的髮香，幾乎就要落淚了。

「我們……」阿楓想要更確定些什麼……

「噓，你聽，」瞳瞳將臉埋在阿楓的胸口。「噗通，噗通……我聽見你的心跳……噗通，噗通……」

噗通，噗通，阿楓揚起瞳瞳的小臉，吻了她……

突然，旅館的門被拉開，阿楓匆匆回神，卻看見瞳瞳站在門口，和另一個男人提著同一只袋子。

「阿楓？」瞳瞳驚愕地停下與男人的對話，一朵笑容枯萎了。

「我，我，」阿楓還記憶著瞳瞳的吻，分不清楚回憶與現實的界線。「我來看妳，我從巴黎飛回來，我，我……」

男人看見他們的慌張，卻聽不懂發生什麼事，他放下手上的袋子，用日文咿呀咿地問著瞳瞳。瞳瞳跟男人解釋著，眼神卻始終沒有離開阿楓。

「瞳瞳，」阿楓等不及了，他不知道這個男人是誰，但他得要跟瞳瞳説，説他不一樣了。「瞳瞳，我們結婚，好不好？」

瞳瞳的日文説到一半，再也説不下去。她看著阿楓，狐疑地看著他。

「瞳瞳，我不要妳離開我，我們結婚，好不好？」

瞳瞳還是沒説話。

空間僵住了，歲月僵住了，阿楓感覺就要窒息了，才聽見瞳瞳説：

「對不起，我已經有男朋友了。宮澤先生，就是我的男朋友。」

她深深鞠了一個躬，牽住身邊男人的手。



夜裡，阿楓無眠地坐了起來。他突然懷疑起這一切：什麼宮澤先生，什麼男朋友，那都不是真的，那只是瞳瞳的藉口。

他走出房門，走到瞳瞳的房間。

「叩叩。」阿楓敲了敲門。

暗了燈的房間，沒有一點點聲音。

「叩叩。」阿楓喚著：「瞳瞳，瞳瞳，我有話跟妳說。」

阿楓知道，這是自己最後的機會，再不好好把握，瞳瞳就會從他的生命裡徹底出走。

「瞳瞳，你聽我說……」

「刷」地一聲，房門被拉開了。

但不是阿楓眼前的門，而是隔壁的林奶奶從房裡走了出來。

「這麼晚了，怎麼還不睡？」

阿楓看見，林奶奶的房裡還亮著燈；從房裡望去，桌子上鋪了一張畫紙，磨了一盤墨。

「我，我有事想跟瞳瞳說……」

「你怎麼了？」

林奶奶看見，阿楓的焦急與落寞，在這樣的夜裡楚楚顫抖。

「奶奶，妳可不可以告訴我，那位宮澤先生，真的是瞳瞳男朋友？」

林奶奶看著阿楓，沒有說話。

「奶奶，請妳告訴我，好不好？」

林奶奶看著阿楓，看著他用受了傷的獸的眼眸，在無邊的夜裡尋找出

口。這是林奶奶也曾經歷的痛，她明瞭，唯有求得答案，才能讓阿楓從無依的失重狀態裡解脫：然後，或是起飛，或是，墜落。

林奶奶點了點頭。

那一點頭，牽動阿楓身邊的時光如流沙般陷落，就要滅頂了，阿楓覺得，就要滅頂了……

「是你先放棄的，不是嗎？」林奶奶說：「那天，瞳瞳回到京都，什麼話也不說，我一直問她，阿楓呢？阿楓怎麼沒來？她只是搖頭，進了房間，睡了。一直到許多天以後，她才跟我說，你離開她了……」

原來，京都車站前的一句「再見」，就是離棄了。阿楓以為，兩個人還有未來，只要自己回頭了，瞳瞳就會明白他的改變……

太遲了……真的，太遲了……阿楓再也說不出話來。

「回台灣去吧。」阿楓聽見奶奶說：「你們已經用完老天給的緣分了。」

瞳瞳的房裡，還是一片寂靜。

阿楓回到房間，徹夜畫圖。天亮以後，他留下這幅畫，就離開京都了。

那是一條海水裡的礁岩路。烈日當空，海天一色，兩個小小的人兒奔馳在退潮時浮出水面的小徑上，追趕著光陰，追趕著快樂。

「我們要作一對亡命鴛鴦囉。」那時候的阿楓這樣大喊著。

瞳瞳沒有說話，只是跟著他的腳步，跑過一程又一程的岩石路。

「水野瞳！」阿楓對著大海吶喊：「我發誓，我會愛妳一輩子！」

Omelette

晚餐的時候，阿楓自告奮勇，要做一道菜；
他拿了一些蛋，一些奶油，想爲瞳瞳做一道蛋捲。
從前，都是瞳瞳爲他做菜燒飯，
這回，瞳瞳一回家，看見他和他做的菜，一定就能明瞭他的改變。

# 法式蛋捲 Omelette

材料

蛋 = 2個
無鹽奶油 = 1小匙
牛奶 = 1小匙
鹽 = 少許

1 在攪拌盆裡打蛋、加鹽和牛奶，使之充分打勻即可。

2 開中火，將奶油倒入平底鍋融化，然後加 (1) 料。

3 快速地以筷子將 (2) 蛋液畫圈圈，避免鍋底結成一層蛋皮。

4 待蛋呈半熟狀時，離開火源，用筷子將蛋往前半部翻成半圓形。

5 再回到火源，翻轉蛋，直到蛋的接縫處翻往鍋底後，微煎二十秒。

6 然後，以敲彈動作，將蛋捲的接縫處翻轉到上面來。離火。

7 把蛋捲接縫處朝下，置於磁盤。

## 主廚的叮嚀

★如果沒有無鹽奶油，可以用奶油取代，但是就不需要加鹽。

★這道法式蛋捲的蛋不能打得太發，以免拌入太多空氣而過於膨鬆。

★利用平底鍋煎蛋之前，先將鍋子倒入大量的沙拉油，以微火熱鍋後，再將熱油倒出。經過這道「吃油」的過程後，煎蛋時就不容易沾鍋。

★翻轉蛋的祕訣：左手持鍋柄，胳臂夾靠身體不動，只動手腕，並將平底鍋往前傾斜約十五度；用右拳往鍋柄的中間輕捶，當右拳捶中鍋柄的剎那，左手的鍋子如反射動作般地往上輕彈，把蛋捲翻轉起來。手腕的力道恰到好處，所以，勿以手臂的力量。

★品嘗法式蛋捲時，可視各人喜好酌量加番茄醬。

# 蛋料理的悲歡歲月

話說從前，有個西班牙國王，某天閒來無事，就帶著隨從去鄉野踏青。走著、走著，用餐時間還沒到，肚子卻感到饑腸轆轆。國王使性子，非要隨從去為他準備食物解饞。然而，荒郊野外，要隨從到哪兒變出食物來呢？

正當隨從急得如熱鍋上螞蟻時，突然發現：前方不遠處有戶農家。於是，請求農夫火速準備料理招待國王——不管什麼料理都無妨。農夫瞥見剛撿拾來的雞蛋後，便輕快地升起爐火，不久後，這道蛋料理的香味就傳開來了。

國王見識到農夫兩三下就可以做出色香味俱全的料理，不禁發出讚嘆聲：「真是動作敏捷的男人啊！」（Quel homme leste！）於是，後來的人們將這句「Quel homme leste！」縮減為「Omelette」，成為這道蛋料理的御賜名號。

現在，有些法國餐廳的午餐菜單裡，會將蛋料理置於套餐裡，與魚料理並列著。假若當天無法補魚貨時，就以蛋料理替代。然而，在冷凍設備這麼發達的現代，怎麼會怕缺魚貨呢？這是有緣故的。

據說，十七世紀，法國孔德侯爵準備在自己的城堡裡為路易十四舉辦午宴。侯爵的主廚瓦德爾為這次午宴擬出以比目魚為主菜的套餐。正當瓦爾德主廚將所有餐點都準備就緒時，主菜的材料卻遲遲沒有到貨。

當時，巴黎的魚貨，多數從諾曼第的海港進貨，再經塞納河船運，或以馬車運送到巴黎。但是，當天卻不知道是哪個環節出差錯，眼看著出菜的時間漸漸逼近，比目魚卻還未送達。

瓦爾德著急地想：身為主廚，怎能在這麼重要的節骨眼出錯呢？這非但是自己的奇恥大辱，更讓主人孔德侯爵在眾人面前失禮。

於是，羞憤摻雜著愧疚，主廚竟然舉起短劍刺向自己的胸膛……

就在主廚死後兩小時，比目魚毫不知情地被運達。

從此以後，為防止這種心驚膽跳的事件再次發生，蛋料理與魚料理並列在午餐的菜單裡，以便沒有魚貨時，可以用唾手可得的蛋來替代。

這道法式蛋捲背後的故事，有輕鬆、有沉重，你準備用什麼心情來品嘗呢？

# 天涯的起點

“這是小島的答錄機，小島現在不在家，到山上去了。
今天，是小島好朋友結婚的日子，
也是小島餐廳開幕的第一天，
如果你願意，請留下祝福的話。”

有一天，我一個人上了陽明山，本來只是想看看竹子湖的海芋田，卻被困在一陣霧裡面。

你知道嗎？霧是有呼吸的，它的呼吸很淺、很悠揚，就像涼風撫過荷葉。我騎著車，在霧裡迷途，卻一點也不擔心；霧是候鳥，不能久留，等它玩夠了，我自然就會找到出路。這樣漫無目的騎著車，霧像是要領我到什麼地方去。

忽然之間，霧散去，我和我的車像是沒了雲朵的彩虹，突然落到一片陌野上。

這是哪裡？我看見一片連天草原，茵茵地長著綠；我看見四處聚落一些平房，瓦上閃著雨露的光；我還看見一座教堂矗立我的正前方，兩層樓的建築方方正正地直指上帝的方向。

我把車停在一旁，沿著小路步行，與一棵槭樹不期而遇。

那棵槭樹長在一個小小丘上，樹上掛了一只鞦韆躺椅；鞦韆一搖，滿樹巴掌似的槭葉也跟著舞動。我在鞦韆上休息了一會兒，才發現這棵槭樹和這只鞦韆是屬於一幢黃顏色的小房子所擁有，那幢小房子有一個小煙囪，就像會有聖誕老人願意光顧的那一種。我走著走著，走到了小房子門口，看見門口插了一個牌子，寫著：

「你願不願意有個自己的家？這棟房子等你搬進來。」

「就是這兒了。」我對自己說：「這就是我要的地方。」

兩個月後，我的餐廳正式開幕，而開幕的第一天，就要為芙蓉舉辦婚禮。

Frendy，她的丈夫本來也是香港電台的DJ，他們一起工作一段時間後，Frendy參加香港「無國界醫生」組織，到非洲服務；三個月後，Frendy從非洲返港，第一件事就是到電台等芙蓉下現場。

「芙蓉，有一件事我一定要跟妳說。」Frendy有些激動。「我知道自己不夠好，也知道這個世界不夠好，但我想問問妳，願不願意讓我們彼此變得更好？」

「為什麼不？」芙蓉嫣然一笑。

就這樣，他們一起去了非洲，在莽原與饑荒之間談戀愛。

後來，芙蓉聽說我的店要開了，和Frendy商量後，決定回台灣結婚，替我帶來第一筆生意。

「芙蓉，這樣的決定太快了吧?!」我說。

「小島，結婚這件事……就憑一股衝勁，……現在不結，以後結不成了也說不定……」芙蓉從非洲打電話來，聲音斷斷續續的。「我和Frendy……不請什麼客，把我們……這群人找齊就好；菜式也不需要……太特別，你把大家從……世界各地寄來的食譜……做出來就好……」

就這樣，芙蓉要結婚了，我的店也要開幕了。

婚禮在我們附近那座草原上的教堂舉行，芙蓉穿上剪裁簡單的白紗，挽著爸爸的手，一步一步地踏上紅毯。芙蓉爸爸很緊張，汗滴不

止地冒著，芙蓉一邊走著，一邊跟爸爸說：

「這是最好的練習，以後妹妹們結婚，你就不會那麼緊張了。」

芙蓉媽媽坐在最前排，她一手握著芙蓉爸爸的香港妻子，一手摟著芙蓉爸爸的雙胞胎小女兒，喜悅地落下淚來。

阿楓負責全程攝影，但是他一點也不專心，不停地抬頭，想知道瞳瞳會不會來參加芙蓉的婚禮。

芙蓉和爸爸走到神父面前。爸爸將芙蓉的手，交給了Frendy。

「這是上帝賜給我最好的禮物，而我現在將她轉交給你，如果你對她有一點點不好，我就會即刻收回這個禮物。」芙蓉爸爸對Frendy說。

Frendy用力點著頭。

芙蓉站在那裡，看著兩個愛她的男人，甜甜地笑了。

Snow也帶Paul回台灣參加這場婚禮，他們穿著一式的西裝，坐在最靠近神父的位置。當神父為芙蓉他們證婚的時候，我看見Snow和Paul也握緊彼此的手，交換戒指。

「我願意。」芙蓉、Fredy、Snow、Paul一起說。

「你現在可以親吻新娘了。」神父說。

Frendy揭開了芙蓉的面紗，輕輕地吻她。

我們全站起來，用力地替他們鼓掌。而Snow和Paul也在此時，深情地吻著彼此。

芙蓉，很抱歉，我沒有辦法參加妳的婚禮，但妳結婚的那個時刻，我會到清水寺的戀愛占卜石去，爲妳祈福；我也希望，你們的蜜月旅行可以到日本，讓我略盡地主之誼。

芙蓉，妳一定已經知道我和阿楓分手的事。我想，我是愛他的，一直都是，到現在還是；但是，我不能再爲他犯錯了。以前，我爲了阿楓離開晴彥，這一次，我不能再爲他離開宮澤先生了。

那天，阿楓從巴黎飛到京都來找我，他也看到宮澤先生了。晚上，他來敲我的門，說要和我說話，但我沒有開門。我們之間，已經過去了，我再怎麼愛他，又如何？

我和宮澤先生在一起很快樂，他不像阿楓那樣風趣，卻有一種平凡的溫柔，我在他的懷裡感覺安全，彷彿風雨不會再來侵擾我。我們下個月要結婚了，附上一張結婚照片，當作送妳的禮物。芙蓉，我們都要進入人生另一個階段了，讓我們爲彼此祝福。如果，妳在婚姻裡不快樂，請來找我；如果我在婚姻裡不幸福，妳一定也要收留我喔。

替我問候小島、Snow，還有阿楓。我常常想起你們，也希望你們永遠記得我。

婚禮結束後，大家到我店裡開party，我把各地特色菜肴全端上桌。

「這是你的燉牛肚，記得嗎？」Snow問Paul。

「當然，我就是用這個把你騙到手的。」Paul笑著說。

而阿楓站在散壽司旁邊，凝望得失了神。

「各位各位，謝謝大家來參加我和Frendy的婚禮，」芙蓉敲著杯子，站到屋子中間。「但是，今天值得慶祝的事還很多。首先，是小島的餐廳開幕了，認識他的人都知道，這是他畢生最大的願望，我們也要好好恭喜他。」

芙蓉把我拉到中間，請大家給我些祝福的掌聲。

「另外，Snow終於找到自己的幸福，也願意跟我們分享他的愛情了。」芙蓉開玩笑說道：「我就說嘛，哪一個男人能見到我不動心的，原來他一點也不喜歡女人。」

大家哄堂大笑中，芙蓉也把Snow拉到中間。

「我們還有一個好朋友，阿楓。」芙蓉說：「相信我，要不了多久，這個布莊小開就會找到另一段美滿的愛情。」

阿楓苦笑著，也走到中間。

「其實，最值得慶祝的，是我們共同走過了一段年輕歲月。今天是我的婚禮，也是我們共同的三十歲生日，更是一場成年禮。從今天開始，我們有了一點年紀，有了一點歷史，我們的腳步不再輕快，卻更懂得為自己負責任。未來的路很長很長，但我相信，我們還是會這樣緊緊相依的，對不對？」

我們點頭，相互擁抱，芙蓉用她的白頭紗將我們攏在一起。

「小島，你的店名取好沒？」阿楓問我。

「嗯，叫做『天涯的起點』，客人可以在這裡吃到全世界的菜，」我說：「而我們也從這裡走向全世界。」

國家圖書館出版品預行編目資料

小島的童話食譜 / 陳慶祐著 ; 小青, 林俐圖.
-- 初版. -- 臺北市：商周出版：城邦文化
發行, 2004〔民93〕
面： 公分. --（陳慶祐作品集 ; 2）
ISBN 986-124-217-1（平裝）
857. 63 93010222

# 小島的童話食譜

作者 陳慶祐
料理指導 杜宗裕
插畫 小青・林俐
總編輯 林宏濤
責任編輯 程鳳儀

發行人 何飛鵬
法律顧問 中天國際法律事務所 周奇杉律師
出版 商周出版
台北市104民生東路二段141號9樓
電話：(02) 25007008 傳眞：(02)25007759、25007579
E-mail：bwp.service@cite.com.tw
發行 城邦文化事業股份有限公司
台北市104民生東路二段141號2樓
電話：(02) 25000888
郵撥帳號：1896600-4 戶名：城邦文化事業股份有限公司
城邦閱讀花園網址：www.cite.com.tw
E-mail: service@cite.com.tw
香港發行所 城邦（香港）出版集團
香港北角英皇道310號雲華大廈4/F, 504室
電話：25086231 傳眞：25789337
馬新發行所 城邦(馬新)出版集團 Cite (M) Sdn. Bhd. (458372 U)
11,Jalan 30D/146, Desa Tasik,Sungai Besi,
57000 Kuala Lumpur, Malaysia
電話：603~9056 3833 傳眞：603~9056 2833
E-mail : citekl@cite.com.tw

封面設計 徐璽
美術構成 許志忠
印刷 韋懋印刷事業股份有限公司
總經銷 農學社
電話：(02) 29178022 傳眞：(02) 29156275

2004（民93）年06月29日初版 Printed in Taiwan
定價 180元

ISBN 986-124-217-1

# 美味閱讀

## 來自東京的幸福滋味

想像如詩如畫的富士山麗景，伴隨著櫻花瓣隨風散落，

心靈深處最有感受的創意日式料理·麻布茶房

憑券至麻布茶房點用**親子丼套餐**可享**親子丼套餐餐點9折優惠**

（限週一至週五）（天母、南京、板橋、新竹、台南）

## 浪漫巴黎的時尚饗宴

提到法國，除了花都巴黎的浪漫美麗，還有時尚華服的倩影，

當然更不能錯過精緻美味的法式風味餐點·香芙蕾法式烘焙餐廳

憑券至香芙蕾法式烘焙餐廳點用**拿破崙燉蔬菜牛肉飯套餐**

即可免費**贈送法式香草酥皮泡芙乙個**

（忠孝、西門）

兌換時間：2004年6月29日至2004年9月30日止

地　　點：麻布茶房及香芙蕾指定門市（地址及聯絡方式詳列於後）

注意事項：本活動Coupon優惠券僅供折價使用，不得抵換現金

沿虛線剪下

請您填妥背面資料後，憑本券至麻布茶房指定門市點用親子丼套餐，可享親子丼套餐餐點9折優惠。

◉本優惠活動每人限乙次。

◉本券影印無效，來店前請先填妥資料。

◉本券僅限週一至週五使用。

◉本券有效期限至2004年9月30日止。

◉特價商品及其他優惠活動時，本券不得一併使用。

◉本券不得抵換現金。

麻布茶房

AZABUSABO

請您填妥背面資料後，憑本券至香芙蕾指定門市
拿破崙燉蔬菜牛肉飯套餐，可免費贈送法式香草
泡芙乙個。

◉本優惠活動每人限乙次。

◉本券影印無效，來店前請先填妥資料。

◉本券僅限週一至週五使用。

◉本券有效期限至2004年9月30日止。

◉特價商品及其他優惠活動時，本券不得一併使

◉本券不得抵換現金。

香芙蕾

法式烘焙餐廳

## 香芙蕾西門店／忠孝店 門市資料

❖ **西門店** 台北市成都路15號
（西門捷運站誠品116旁）
營業時間 AM11：00~PM10：30
電　　話 02-2371-3837

❖ **忠孝店** 東區地下街35-3號
（敦化捷運站美食區第7廣場旁）
營業時間 AM11：00~PM10：00
電　　話 02-2711-7460

## 麻布茶房門市資料

❖ **天母店** 台北市天母東路59-1號
營業時間 AM11：00~PM11：00
預約專線 02-2876-1717

❖ **南京店** 台北市南京東路三段285號2樓
（ATT百貨南京店）
營業時間 星期日到四 AM11：00~PM10：00
星期五、六 AM11：00~PM11：00
預約專線 02-2713-3009

❖ **板橋店** 板橋市中山路46號B1
（誠品商場板橋店）
營業時間 AM11：00~PM10：00
預約專線 02-2954-9488
02-2954-7555

❖ **新竹店** 新竹市西大路323號2樓
（新竹大遠百）
營業時間 平　日 AM11：00~PM10：00
星期六 AM11：00~PM10：30
星期日 AM10：30~PM10：00
預約專線 03-523-1595

❖ **台南店** 台南市中山路166號9樓
（Focus百貨）
營業時間 平　日 AM12：00~PM10：30
假　日 AM11：00~PM11：00
預約專線 06-211-3667

沿虛線剪下

COUPON

惠 券

者姓名：

日：

nail：

話：

址：

COUPON

優 惠 券

讀者姓名：

生日：

e-mail：

電話：

住址：

# 愛吃客 手機上網

# 隨身訊美食資

逛街逛到肚子餓，想吃頓好料又不想花大錢，該怎麼辦？

隔壁班的美食通在睡大覺、饕客老哥約會不接電話、「愛吃客指南」書籍忘了帶、找不到網咖沒辦法上網找餐廳．．．

現在你可以馬上拿出手機，上網進入「愛吃客指南」或「愛吃客酒架」，美食資訊及優惠就會跟著你趴趴走，讓你的生活充滿驚喜與美味～

以下手機都可使用「愛吃客」美食資訊

大眾PHS·遠傳Super i-style／i-mode·台灣大哥大·中華電信emome·亞太QMA

如有問題，請至英卓美食網 www.enjoygourmet.com，進入【「愛吃客」手機上網使用說明】，我們依據各家電信業者，分別提供詳細登入流程。

沿虛線剪下

## 路易十四歐法料理餐廳

精緻頂級的法國料理，義法佳釀及獨家手工甜點與貼心的服務，絕對物超所值的享受，深獲饕客們一致好評，喜愛美食的您千萬不可錯過！

## 天天情人節餐廳

「天天情人節餐廳 Jenny's Valentine Ristorante」以用心的服務、與眾不同的歐風飲茶、雙主菜晚餐、桌邊烹調美食，帶給眾饕客們耳目一新的饗宴！

## 歐風小館

融合中西式料理精華，調配適合國人口味之餐點，大眾化的享受，物美價廉，經濟實惠！

## 夜間飛行

結合藝術與休閒的天空之城，義法佳餚與濃郁的誘人咖啡香，一件件動人的藝術品，將伴隨您飽覽全台中最美麗的夜空。

沿虛線剪下

請填妥背面個人資料，並剪下此回函卡於2004年9月30日前寄回商周出版(台北市104民生東路二段141號9樓)，即有機會獲得「英卓美食網」一年期免費會員資格(價值300元)，讓你一整年都有享受不完的美食好康喔！

## 愛吃客SMS
## 美食簡訊下載

想每天沉浸在香噴噴的美食簡訊中嗎？各式美味料理、優惠券、好康活動、食譜DIY、餐廳 / 葡萄酒評鑑、西餐禮儀課程等，一年365天無間斷傳送美味，給你完全不同的美食體驗！

訂閱辦法

辦法一：任何一款手機 → 輸入**ENJOY**，傳送到8086 → 隨指示操作即可

辦法二：上網至
http://web.iam.com.tw/sub_service/ss_gourmet.php → 加入會員訂閱服務即可

## 愛吃客IVR
## 美食語音資訊

誰說資訊只能用看的！每月不同的餐廳評鑑、食譜、美食相關訊息及優惠等，就讓「愛吃客」說給你聽～

如要聽・・・讓人留口水的美食饗宴

只要拿起你的中華電信門號行動電話，直播３３３→按６【玩樂大攻略】→按６【愛吃客大觀園】→選擇你想聽的項目即可

如要聽 / 下載・・・美味又省錢的餐廳或葡萄酒優惠

只要拿起你的中華電信門號行動電話，直播３３３→按６【玩樂大攻略】→按１【優惠券下載區】→按１【愛吃客好康優惠券】→選擇你想下載的優惠即可

沿虛線剪下

### 天天情人節餐廳

持本券可獨享
**點用晚餐一客之消費者，即可享用桌邊服務之【火燄蜜桃冰淇淋】一份**

使用期限：2004/06/29～2004/09/30
**地址：台北市忠孝東路四段223巷40-2號**
電話：(02) 8772-4840　備註：不得與其他優惠併用

### 路易十四歐法料理餐廳

持本券可獨享
**預約訂位可享85折，再送【法式布根地焗田螺】一份**

使用期限：2004/06/29～2004/09/30
**地址：台北市四維路76巷11號**
電話：(02)2706-3416　備註：不得與其他優惠併用

### 夜間飛行

持本券可獨享
**午餐兩人同行一人免費，晚餐消費85折(國定假日除外)**

使用期限：2004/06/29～2004/09/30
**地址：台中市西屯區中港路三段107號23號**
電話：(04) 2355-6789　備註：不得與其他優惠併用

### 歐風小館

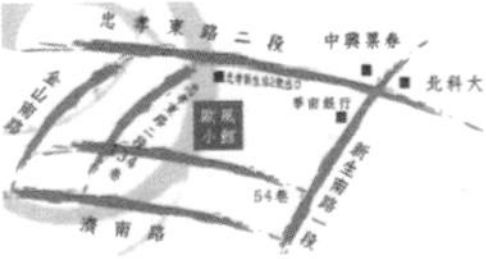


持本券可獨享
**消費8折優惠**

使用期限：2004/06/29～2004/09/30
**地址：台北市新生南路一段54巷11號**
電話：(02)2322-5130　備註：不得與其他優惠併用

沿虛線剪下

讀者姓名：　　　　性別：

生日：　　　　電話：

住址：　　　　e-mail：

COUPON